來生別哭

溫如生／著

世界以痛吻我，要我報之以歌。

—— 泰戈爾《飛鳥集》

Contents

推薦序 ── 秘密的語言

作家・陳曉唯

作家小川洋子在描寫創作日常的散文中提到一段童年的故事。

當時她所居住的城市的小丘上有座動物園。某個週末,她與家人第一次造訪動物園時,一隻巨大的鱷魚引起了她全副的注意。鱷魚的體型對於年幼的她而言相當巨大,皮膚的紋路粗糙,長著許多肉刺,鱷魚的眼睛就像遠古時代的怪物一般睜睜望著她,然而,她並不感到害怕。

吸引她的原因是鱷魚所處的水槽,水槽太小了,長度也短,鱷魚在其中根本沒有活動的空間,只能從水面露出那一雙圓大的眼睛。

看過這隻鱷魚後,其他的動物再也無法吸引她的目光。

小川洋子如此寫著:「我感覺牠像是死了。牠在等待被埋葬,在此之前,牠被安置在這裡。」

她反覆地對自己訴說著這段話，因為她感覺與其生活在這麼狹窄又缺乏自由的水槽之中，鱷魚若死了也許是種解脫。她在離開動物園的回程中不斷地為鱷魚身處的環境尋找原因：是因為真正的水槽被清洗嗎？那是暫時的居所吧？只要忍耐一段時間，牠也可以回到屬於自己的地方，擁有恣意游動的生活吧？

回到家中後，鱷魚的模樣仍在她心中揮之不去。沐浴泡澡的時候，她將自己小小的身軀深深地沉入浴缸裡。睡前她喃喃地說著：「不要害怕，你很快就能回到很大很大的水槽了。」

爾後想起鱷魚時，她便讀著繪本裡的故事，對著不存在於她生活中，卻讓她念念不忘的鱷魚讀著繪本裡的故事，像是渴望透過故事與聲音安慰遠方的，被囚禁在小小水槽中的鱷魚。

她在文中寫著：「自此之後，我感覺自己不斷地在做著相同的事情，只是繪本的故事變成我所寫的小說。……我以這樣的狀態不停地書寫著，像是對著不懂語言的動物，說故事給牠們聽。」

溫如生這部作品使我想起了這個故事。

故事的意義是什麼呢？書寫的目的又是什麼？

也許每一個故事的存在，皆是為了安慰那些未知的，被囚禁在小小的卻無法擺脫的禁錮之中的動物們。

那些動物生活於世界各處：一隻翩然的蝴蝶飛舞於校園裡；一隻慵懶疲憊的河馬搭著捷運在前往公司的途中；一隻年輕力壯的花豹闖過紅燈，奔馳在繁忙的街道；一隻飛鳥翱翔在巨大的建築物海洋，只為了再次遇見曾在人海匆匆遇見過的一尾海豚；一隻花貓在昏黃的街燈下等待有人領她回家。

我們每個人都是生活在世界各處的動物，有著自己的秘密，有著自己的語言，在心中建築著秘密與語言的家園，渴望某一日，有人能聽懂我們的話語，讓我們交付秘密，使兩個原本獨自存在的故事與語言得以貫穿相連，織成一片新的地域。

溫如生的這部小說像是一片廣袤的大陸，容納著許多動物的秘密與語言，是動物與動物之間的橋樑，是故事與故事接連之前的過渡，她把那些不為他者所懂得的秘密與語言，逐一

翻譯寫下，她像是在對某個閱讀這些故事的人訴說：我聽得懂你所說的話語，我懂得你的秘密。

如同小川洋子所寫的：「對著不懂語言的動物，說故事給牠們聽。」

Chapter 1

月亮

00

妳會不會失望，如果看見從前的我。

01

來生接到白微的電話時，正準備出門去寄信。

她從隨身包裡翻出手機，接通以後問道：「微微，怎麼了？突然打給我。」嘴上忙著的同時，步伐也沒停，還記得留意家門是否確實上了鎖。

「我接到一間公司的回覆啦！說下禮拜一讓我去面試，但我沒有適合的衣服可以穿，所以想找妳陪我去買套正式點的衣服。」白微的語氣難掩興奮。

白微是她在C大最好的朋友。

大學四年過去，今年畢業且即將踏入社會的她們都在為著尋找工作好養活自己。最近兩人積極投履歷，沒等多少時日，白微便收到了其中一間的回覆。

來生聽著，也由衷為她感到開心。

「好呀、等我，妳把妳的位置分享給我，我把信寄完就去找妳。」

「好咧。」白微一聽她說要寄信，調侃道：「哎、妳又要寄

信給妳的歲歲了啊。對了，妳上次說他是什麼時候要回來啊？」

白微一直知道自己的好友有個掛念的人，來生說他出國讀書了，要完成學業才會回來，所以她到現在都沒有見過他本人，至多看過來生與他的青澀合照。

照片裡的少年清俊挺拔，眉眼溫柔。

「快了。」來生只是笑，難得的真心實意，卻沒再多說些什麼，兩人又接著閒話家常了幾句，最後再次交代好友記得把位置分享給自己以後，便結束通話了。

來生垂眸看了眼手上拿著的幾封信，嘴角下意識地揚起。

歲歲，也就是西河柳。歲歲是她給他取的暱稱。

他缺席了來生的整個大學時期，或許不只。但來生並沒有多在意，至少他拉住了曾經深陷泥沼的她，陪伴了她最陰鬱的年少歲月。這已經足夠了，哪怕他或許從來都不知曉。

之於她來說，西河柳究竟算什麼呢？

說是戀人嗎？倒也不算。說是家人嗎？好像也不算。他太重要了，重要到她無法輕易去定義他之於自己的存在。來生更沒有深入去考慮過這個問題，但其實無所謂，無論他是以什麼樣的身分陪在她身邊。

光是提起他就讓她忍不住唇角上揚。

寡淡如水的一天，都能因為這個名字增添一抹亮色。

來生去到郵局，把積累了小半年的信都寄出以後，正好收到了白微傳來的訊息，思考片刻，硬生生收住了準備往最近的捷運站走去的腳步，選擇過馬路去搭對面的公車。

在她還在等著紅燈變綠燈、翻找著自己的公車卡的同時，後頭不知道是誰猛地撞了她一下，毫無防備之際，她踩空了街道連結著馬路之間凸起的臺階，還沒來得及反應，一陣喇叭聲突兀地刺進耳裡，來生的目光轉向聲音來源，瞳孔一陣緊縮。

＊

白微趕到醫院的時候，來生正在手術中。

她坐不住，焦慮地不停在手術房外的走廊上徘徊，她得知來生是在要來找自己的路上出事的，為此感到滿心的懊惱與後悔。

要是她直接去找來生，是不是就不會發生意外了？要不是她……

不知道到底等了多久，手術房的燈才終於暗下，顧不得自己已經發出抗議的肚子，白微快步走到剛出手術房的醫師的面前，焦急問道：「醫師，請問我的朋友怎麼樣了？」

「傷患的家屬沒有來嗎？」

「她的父母都不在了，我是她的好朋友。」

醫師頷首，「傷患的情況比較嚴重，雖然搶救成功，但接下來需要轉入加護病房觀察有沒有甦醒的跡象，如果沒有，成為植物人的可能性非常大。」

*

來生是被痛醒的。

她睜眼，闖入視線的是幾個大約七、八歲的小孩子，他們正往自己身上扔著小石頭。若是只有一、兩顆，說實話並沒有多大的殺傷力，然而現在卻是毫不間斷地攻擊，如同大滴大滴的雨不停砸在自己身上，很疼，她感覺自己所在的、蜷曲著、恐怕也是幼童的身軀在顫抖。

心底漫出一股陌生且無以言喻的悲涼與迷茫。

其中一個帶頭的小孩子在對著她嚷嚷些什麼。可是不知道為什麼，她聽不見——不只聽不見那群孩子說話的聲音，她也聽不見周遭應該有的雜音，安靜得不像話。

太安靜了。她的世界從來沒有這麼安靜過。這讓她感到有些惶恐。

這到底是怎麼一回事？她最後的記憶只停留在那陣喇叭聲和那輛直直朝自己衝過來的車，如果自己猜想的沒錯，她恐怕是……出車禍了。

那現在她又為什麼會出現在這裡？這裡是哪裡？自己又是誰？

後來那些孩子們走了，來生「感覺」這個身體才緩慢地從地
上爬起來，一小步、一小步地往院裡走去。

為什麼說是「感覺」，因為很奇怪，這具身體像是「別
人」，她沒有辦法控制，好像只有意識附著而已，卻能清楚
感受到這具身體所感受到、看見的外在環境，包括一些……
對方的內在心理波動。

這種如同寄生的狀態讓來生難以忍受。

然而此時來生還沒來得及為自己的困境想到任何解決方法，
便沒來由地感受到一股巨大的悲傷，這讓她有些窒息。聯想
到方才所見之事，她猜想，或許這就是對方的心理波動？

借著對方的眼，觀察著周圍有些眼熟的環境，她直覺，這恐
怕就是自己年少時候待的育幼院了。那些建築、花草樹木，
可不就是自己記憶裡的模樣嗎？

她來到育幼院的時候已經十一歲了，然而這具身子看起來卻
不到十歲。

來生基本上已經可以確認的是這具身體絕不是她自己的，在
育幼院的時候，她至多被「搶」過新衣服，但沒有過被扔小
石子的經歷。

就是不知道這具身體的主人是誰了。為什麼他會被如此欺

負？又為什麼，聽不見外界的一切聲響？什麼都不知道的感覺實在太糟心，所有的未知都在催促著來生去一一發掘。

回到房間，來生看著「自己」的手從枕頭下拿出了什麼，往廁所走去。

她捏著手裡的東西，描摹其輪廓，頓時明白了是什麼。

一對助聽器。

來生對這個東西熟悉得很——因為西河柳有。

她心裡隱隱有了些許猜測的同時，卻又不免感到荒唐。然而她很快地釋懷了，如今發生的一切都太過詭異，讓人難以置信，可是無可否認，這一切都太真實了，真實到她不得不試著去相信。

走到廁所，對著鏡子，把助聽器仔細地戴好。許是助聽器的品質沒有多好，能聽到的聲音都很模糊，但至少聊勝於無。

來生出神地盯著鏡子裡的那張臉。很稚嫩，都還沒有完全長開。

但她一看就知道這是她的歲歲，比她第一次見到他的模樣還要年幼許多。

想起剛剛的遭遇，她竟然有種想落淚的衝動。

他從來沒有和自己說過這些。原來在她來到育幼院之前，他都是這樣過來的嗎？他不是很受院裡的孩子們的喜愛嗎？他

原來不是一直都是自己看見的那樣嗎？

來生再怎麼猜，都沒有想到那般歲月靜好的西河柳曾經遭受過這樣的欺負。

她放在心上珍重的人啊，憑什麼就這麼平白受人欺負了？

西河柳從口袋裡翻出了一條手帕，沾了些水以後，開始清理身上細小的傷口。沒上藥，但比原本的狼狽好多了。似乎也沒打算去和院長媽媽拿藥膏，西河柳就這樣撐著瘦小的身子回了房間。

來生在西河柳不知道的角落裡，從他的視角裡看著他經受的一切，淚流滿面。

02

在她來之前，西河柳在育幼院裡唯一親近的恐怕也只有院長媽媽了。

他們所待的這間育幼院所處偏鄉，資源不多、規模也不大，屬於私人機構，經費的用度上吃緊得很，這麼多年來，全靠著社會福利的補助或是他人的捐款、捐贈等才得以支撐起來。

育幼院裡各式各樣的孩子都有，也不只西河柳一個身有疾病的孩子，但其他孩子的狀況大多是會影響到基本生活能力的

程度，都有老師或社工們隨時照看著。

如今，才八歲左右的西河柳，基本上已經能自己照顧自己了，所以大人們都不怎麼擔心他。在他們眼裡，他就是個哪怕有耳疾，仍乖巧懂事的好孩子。

這時候的西河柳還不大會說話。

他聽不見，助聽器又因為品質的關係，給他的幫助並不算大，話也因此說不好，在別人聽來就是含糊不清。他曾經因此被甩臉過，當時對方根本沒有耐心聽他說完話，更沒有想要理解的欲望。這也是為什麼他不喜歡說話，也幾乎不怎麼在他人面前說話的原因。

他總是獨自一人，沒有其他小朋友會來主動和他玩，他知道他們總罵他是個聾子、是個啞巴——哪怕是這樣的他，依然能把那些人臉上毫不掩飾的嘲笑與鄙夷看得一清二楚。

可是來生知道，西河柳並不是天生就是如此。

西河柳同她說過，他從小便住在育幼院，是院長媽媽在育幼院門口發現了他，從意義上來說，他是個棄嬰。聽力受損是因為被拋棄的時候，生了場大病。

來生當年得知這件事的時候，也才與西河柳相處沒多長時間，可能連朋友都還談不上。她對於這世界早已麻木，對他的遭遇除了有一絲絲同情以外，多餘的情緒自然不會有。

她當初是怎麼回答的？她說：「噢，這樣啊。」

已經記不得西河柳在聽見她的回答時，臉上是什麼樣的表情了。她根本沒注意，只聽見他突兀地笑了一聲。

當時覺得沒有什麼，但現在想起來，來生真想一巴掌拍死自己。

半年一晃而過，來生就這樣看著西河柳重複著幾乎毫無變化的日子。

那些令人不愉快的事仍在發生著。

與來生剛來時看到的一樣，同一群孩子依舊會來欺負西河柳，他卻總是忍著、不吭一聲。有幾個孩子在當年來生來到育幼院時有些印象，大部分卻都沒有。

當年的她沒有見過西河柳被欺負的模樣，這些日子她想通了其中可能的原因：一個原因是西河柳隱藏得太好，避開了每一次讓她碰見的可能；另一個原因大概就是因為那些欺負他的孩子在那時大部分都已經離開育幼院了。

每每看見她的歲歲被欺負，來生憤恨，卻有心無力。

若是能操控他的身體，也不至於完全被動，而最令來生無法理解的是，她很清楚地感受到，西河柳絲毫沒有報復回去的欲望，甚至沒有告訴大人們的打算。

來生想，要是當時的她碰上這種事，絕不可能像西河柳這般

忍氣吞聲的。就算自己應付不來，她也知道該怎麼做才能博得關注、讓欺負自己的人受到應有的懲罰——儘管曾經的她也如西河柳這般含垢忍辱。

可正因如此，她才明白不是一味地容忍與退讓就能換來所謂相安無事。

這個世界啊，何曾善待過任何人。

*

這天，幾個少年志工來到了育幼院幫忙，要待整個暑假。

都是十五、十六歲的年紀，來生留意到其中一個少年，也戴著一對助聽器。他笑得靦腆，對著育幼院裡的孩子說話都輕聲細語，和一起來的朋友們相處融洽。

來生下意識地想起了她的歲歲。

陪著西河柳的這段期間裡，來生見識到了不同於自己認識的西河柳。

這時候的他，太脆弱了又太善良了。因為自己的缺陷而感到自卑，總是縮在自己的殼裡，任憑他人如何敲打都不吭一聲。雖然不知道後來她認識的西河柳是因為什麼而改變的，但至少現在這樣下去並不是一件好事。

看那個少年，明明可以那般從容和他人接觸與對話，那她的歲歲為什麼不可以呢？

院長媽媽帶著幾個志工去熟悉育幼院的環境，孩子們在認識了要和自己相處兩個月左右的哥哥姊姊以後，便一哄而散，各自去做各自的事情了，只留下那些需要老師及社工悉心照料的孩子們。

西河柳坐在角落裡還沒離開，其中一位老師看見他，向他招了招手：「西西來。」

他乖巧地走過去，老師給了他剛剛那幾個少年帶來的其中一包餅乾，「這個給你吃，你剛剛怎麼沒過來拿呢。」

西河柳沒有給出任何反應，就睜著一雙透亮眼眸直直盯著老師。

知道這個孩子不愛說話，老師只是笑著摸了摸他的頭，提醒他等等記得去上課後，便讓他去做自己的事情了。

抱著那包餅乾，西河柳走去他的秘密基地——院子後面，因為被長椅和雜草擋住，所以至今沒有人發現過的一塊小空地。

看著西河柳所作所為的來生是知道這裡的。與西河柳交好以後，他們只要沒有上課或育幼院團體活動時，就會一起來到這裡，大部分時候他們都會在這裡聊天，也有些時候什麼都不做，就躺在地上仰望天空。

不得不說，還真是挺無聊的行為。當初的來生曾經問過西河

柳，為什麼喜歡跑來這裡消磨時間。

西河柳躺在地上，臉上還蓋著一本書。聽見來生的疑問，他把書挪開，朝她笑了笑，「因為看著天空，可以讓我徹底平靜下來。」

而今，來生從西河柳的視角仰望天空，發現他說的還挺對。至少此刻，她沒感受到他大多時候會有的、悲傷過度的情緒。

前所未有的平靜。

西河柳爬起身，看了眼抓在手裡的餅乾，想了一會兒，選擇拆開了包裝。

驀地，一道陌生的嗓音打斷了西河柳的動作。

「咦？你怎麼一個人在這裡？」

他將目光轉向聲音來源處，是一個陌生但有點眼熟的少年……好像是新來的志工？

西河柳定定地看著突然闖入的少年，卻見對方「啊」了一聲，指了指他的耳朵，再比了比自己的，語氣驚喜：「我也有呢。」

「……」什麼？西河柳小小的腦袋還沒有反應過來，一臉茫然。

對方見他不明所以，解釋道：「我說的是助聽器。」

接著，少年自來熟地一屁股坐在西河柳旁邊。西河柳有些

不自在，趁著對方沒注意，往另一邊挪動了一些，拉開點距離。

「我天生就聽不見，你也是嗎？」

西河柳緩緩地搖了搖頭。

不是，他是因為生病才變成這樣的。當時院長媽媽發現他的時候，已經病得很嚴重了，若沒有被發現帶回育幼院，他可能早就死了。與活下來相比，聽力受損或許只是一件小事。

接下來，少年發現不管自己問了什麼，西河柳的回應只有點頭、搖頭，沒有辦法點頭或搖頭的，他就選擇沉默。少年或多或少猜到了西河柳為什麼不說話的原因，因為他曾經也是這樣走過來的。頓時，他對面前這個孩子多了些疼惜和想了解的心思，輕聲問道：「我叫川柏，你叫什麼名字？」

西河柳仍是沉默。

川柏也不著急，向他伸出手，接收到對方疑惑的眼光，莞爾一笑，「我知道你不想說話，那能不能把你的名字寫在我手上？」

西河柳注意到了，他說的是「不想說話」，而不是別人嘲笑他說的「不會說話」。這點細節讓他明白了，面前這個眼裡帶著善意和莫名親近意味的少年，似乎與他屬於同一類人。

並且，他可能，可以了解自己。

西河柳猶疑片刻，伸出手，在少年攤開的掌心裡一筆一劃寫

下自己的名字。

03

「西西！看我給你帶了什麼。」川柏將藏在身後的盒子拿了
出來，「這可是我珍藏多年的汽車模型，是我爸在我十歲的
時候送我的生日禮物。吶，就送給你啦。」
手裡突然被塞進一個盒子，西河柳有些手足無措，沒有理由
地接受他人的禮物以及突如其來的善意都讓他惶恐不已。
他想把盒子還回去，誰知道川柏不樂意了。
「哎，你就收著吧，就當作你今年的生日禮物了。」
川柏沒再給他拒絕的機會，很快地轉移了話題，「你有沒有
多練習說話呀？」
西河柳一愣，乖巧地點了點頭。

確實，每天陪著西河柳的來生知道，他不是完全放棄了說話
的能力。
西河柳其實很想做到和他人溝通毫無障礙，但外界施加在他
身上的眼光與輕視，都讓他卻步不前。川柏的出現著實給了
西河柳很大的鼓勵，算是給了他一個踏出舒適圈的契機，讓
他知道也有和自己一樣的人，對方可以做到的事，那自己一

定也可以。

來生見他每天都會趁著沒有人的時候，隨便拿本書，就在廁所裡對著鏡子練習說話，試圖把每字每句都唸得清晰、正確，儘管他如今認識的字其實不多，總是唸得七零八落的，但仍沒停止練習，像個在跑道上跌倒無數次也要爬起來撐過終點的選手。

他現在說話已經沒有最初那樣不流利了，有一回他嘗試著和院長媽媽道聲早安。就連與他相對親近的院長媽媽都沒怎麼聽過他開口說話，驚喜之餘，欣慰地抱了抱他，還給了他一大把糖果，誇了句他真棒。

來生感受到了西河柳收受糖果和誇獎時的喜悅，又心疼又為他感到開心。

她看出來了，西河柳拚命想讓自己看起來像個「正常人」。

正是因為看出來了，為此她哭腫了好幾次眼睛。

真丟臉，她的歲歲那麼辛苦，都沒哭過一次。

見西河柳點頭，川柏一臉期盼，試探地問道：「那你能不能試著，喊喊我的名字？」

西河柳還真沒遇過這種要求，頓了好一會兒才張了張嘴，努力讓自己發音準確清楚：「……川、柏、哥、哥。」

聞聲，少年的臉上幾乎要笑出了一朵花，開心得不得了，「你好棒啊！」話裡的激動之情毫不掩飾，就差沒有站起來

跳舞了。

西河柳不明所以，只是跟著笑，稚嫩的臉龐在此刻鮮活了起來。

兩人笑笑鬧鬧了好半天，川柏起身，就準備離開了。畢竟他是來育幼院做志工的，不可能只看顧一個孩子，他還有其他事情要去忙碌。

他重新彎下身，和西河柳交代：「好啦西西，那我先去忙了，有事可以來找我。記得要多練習說話，希望下次你就能完整、清楚地講出一整句話了。」

「好。」西河柳擠出一個字。

少年朝他揮了揮手，以示道別。

於是又只剩下西河柳一個人了。

但他看起來挺高興的，來生清楚感受到了他內心的滿足和愉悅。

她之前從西河柳那裡聽過川柏，包括他們之間的淵源。她打從心底為西河柳感到開心，因為在他這段陰暗潮濕的漫長歲月裡，曾有人與他同行，無論長短。

那個叫川柏的少年，是真心為西河柳著想的，希望他能變得自信一些。

兩人擁有類似的際遇，可能川柏也難免有被流言蜚語中傷過的時候，但來生認為，他仍是比西河柳幸運太多了。他的家

境殷實，幸福美滿，親人給他配戴品質優良的助聽器，讓他早早學習說話，甚至身邊人也沒有因為他有耳疾而將他視為異類，相處得一樣和諧，甚至還有餘力來到育幼院做志工。

但無論如何，來生知道，川柏的到來，正是西河柳會改變的其中一個很大的原因。

*

這些日子裡，只要川柏一得空，就會來找西河柳，陪他練習說話。

川柏在過去為了把話說好、說清楚，父母早早就給他找了專門的老師協助矯正其發音，摸索到了發音正確的感覺，並且多練習，說得多了，自然不像剛開始那樣難為情了。

如今看著西河柳，就像看見小時候的自己，曾經因為有耳疾而陷入自怨自艾的迴圈裡，成天鑽牛角尖的，惹得身邊人都為他擔心不已。

可是西河柳卻不如他這般幸運，他沒有家人，又太獨立了，從沒把內心的脆弱展露出來，於是大人們理所當然地認為既然他能夠自理，便也不放過多的心思在他身上。

第一次看見西河柳的時候，川柏就知道，這孩子和從前的他幾乎一模一樣。

於是他想幫助他。

說他出於同情心嗎？可能也算。然而無可否認，他很開心能遇到一個與自己有相似遭遇的人，太難得了。但他也是真心把西河柳當成朋友、弟弟的，不知道對方是不是也是如此？

很快地，再一個星期，川柏就要結束他在育幼院裡幫忙的日子了。

來生記得在西河柳剛從川柏口中得知這個消息的時候，西河柳內心猛然湧上了巨大的失落。這不難理解，因為川柏幾乎算是西河柳這麼多年以來，第一個也是唯一一個可以交心的對象，甚至還把川柏當成了自己哥哥一樣的存在——至少在西河柳眼裡，他是這麼認為的，就不知道對於川柏來說，是不是也是如此？少年可是送了他自己最愛的汽車模型以及好多好多的零食給他呢，這樣應該算是喜歡他的意思了吧？

這種難得的溫暖如同一隻手，朝著陷在泥沼裡的他伸出，一旦握住，就捨不得放開了。

這天，川柏熟門熟路地來到了西河柳的秘密基地，「哈！找到你了，就知道你在這裡。」然後一屁股坐在了西河柳的身邊。不似當初，西河柳已經沒了最開始不自在的感覺。

少年先塞了顆糖給他，自己又拿出一顆，撕開包裝、塞進嘴裡，動作一氣呵成，餘光瞥見西河柳仍沒有動作，伸手把他的一頭柔順揉得亂七八糟，催促道：「快吃啊，很好吃的，

是這個牌子新出的口味，快嘗嘗。」

見西河柳終於吃了糖，川柏才說起今天來找他的目的。「到時候我回家，我會問問看我的爸媽，能不能捐助一些，讓育幼院給你配一個品質比較好的助聽器。」

對於少年來說，這是他能幫助西河柳的一個方式。

助聽器對他們來說都很重要，他注意到西河柳配戴的助聽器簡直差得不行，連聽聲音都模模糊糊，更不用說還要如何利用助聽器來輔助自己學習說話了，又是在沒有他人幫助的情況下，進步的空間完全被局限了。他還打算和育幼院提一下，希望他們能多多關照西河柳。畢竟育幼院的孩子也不少，不可能全部都悉心照料到，那些年紀大些的孩子，也都會幫忙照顧那些年紀小的，可是為什麼，都沒有人注意到總是落單的西河柳呢？他終究也是個孩子啊。

川柏是真心疼這個與自己如此相像的孩子。這個叫西河柳的孩子。

來生透過西河柳的視角看著也聽著。

她很訝異，訝異川柏能為西河柳做到這種地步。儘管這可能對他來說也不算什麼。

這算是，同病相憐嗎？不知道，但無所謂。

總之，太好了。她的歲歲，在她之前，能有人這般在乎他。

生活的一切都還算走在軌道上。

在川柏離開後沒多久，如他所言，育幼院就收到了一筆捐助款項，還特別指明了用途——給西河柳及院裡其他幾個同樣聽力受損的孩子們配戴品質良好的助聽器。

終於，西河柳擁有了高品質的助聽器。他驚奇地發現，真的與過去使用的效果相差極大，現在他能聽見的聲音總算不再是模糊不清的了，這讓他能更好地練習說話。

如今川柏離開了，西河柳也沒有停下練習。幾個月過去，他已經能把話更順暢地說完整，發音和咬字都能更準確地抓到那個感覺了。而院長媽媽也注意到了他的進步，便時常過來與他練習對話，彷彿是代替了當初川柏的位置。

川柏在這段期間裡，趁著假日，都會回來探望育幼院的孩子們，尤其是西河柳。

好些時日沒見，正處在青春期的少年似乎長高了許多，笑出一口白牙，向西河柳打招呼：「西西！好久不見，最近還好嗎？」說著的同時，彎身給了他一個擁抱。

西河柳也笑，「很好，你呢？」

光幾個字，川柏就敏銳地發現了西河柳的進步，他蹲下身與男孩對視，問道：「西西是不是有認真練習說話？」

「有的……院長媽媽，有陪我練習。」

「你好棒呀。」川柏笑著從口袋裡掏出一顆糖，放在西河柳的掌心裡，牽起他空閒的另一隻手，「呐、走吧，我和你們院長交代了，今天要帶你出去玩。」

「……去哪裡？」西河柳不動，有些猶疑。

「去遊樂園啊，有去過嗎？」見西河柳搖頭，川柏倒不意外，「沒去過也沒關係，帶你去見識一下。」

跟著川柏走到育幼院門口，那裡果然停了一輛車，卻沒想從車裡頭走出了兩個人，西河柳清楚地聽見川柏喊那兩個人「爸爸」和「媽媽」。儘管這樣的稱呼對西河柳來說有些陌生，但他也明白這兩個稱呼代表的是什麼意思，令他不自覺地往川柏身後縮。

「西西，來。」川柏注意到了他的小動作，把西河柳推到自己的身前，向父母介紹道：「爸、媽，這就是我之前和你們提過的那個孩子，他叫西河柳，大家都喊他西西。」

面前的男人一身書卷氣，長得和川柏很像，尤其是那雙眼睛，笑得儒雅和氣，沒有讓西河柳感到壓迫或距離感。

男人彎下身，「你好，我可以喊你西西嗎？我是川柏的爸爸，我和川柏的媽媽都非常高興今天能見到你。我們今天一起出去玩，好嗎？」

西河柳有些受寵若驚，他從來都沒有親身體驗過所謂「家

人」之於自己的意義。在育幼院裡，唯一能算得上是他的「親人」的，恐怕也只有院長媽媽了吧。這個詞太過生疏，直到剛剛他都沒能反應過來。

他遲疑地伸出自己小小的手，很輕地握住男人朝自己伸出的手，「謝謝……叔叔、阿姨。」連帶地晃了晃另一隻牽著川柏的手，小聲道：「也謝謝哥哥。」

──謝謝你們，給了這麼多我從來不敢奢望的。

一行人驅車前往遊樂園，由於是假日，人潮眾多，好不熱鬧。來生透過西河柳的眼看著面前的景象，有些懷念。

這座距離他們育幼院最近的私人遊樂園，據說是一個單親爸爸為了懷念自己早早離開人間的女兒所建造的，她只和西河柳來過一次，卻沒想在她上大學後沒多久就拆掉了，包含鄰近的區域都開發成了觀光場所，替代遊樂園的便是一間知名連鎖飯店。她後來特意來看過，飯店設計得美輪美奐，吸引大批的遊客前來入住，處處都是商業化的痕跡，絲毫沒能留下當初一位父親對女兒的愛以及孩子們單純的童心。

而今還是人煙阜盛的歡樂場所。

「西西，你有想先玩哪個嗎？旋轉木馬、咖啡杯，還是摩天輪？」川柏拿著一張從服務處那裡拿的園區地圖，蹲在西河柳身邊，手指在地圖上比劃來、比劃去，詢問他的想法。

西河柳搖頭，他是第一次來，對這些設施並沒有什麼具體的概念。

「那行吧，我們就從最近的設施開始玩起。」少年收起地圖，邊招呼著自己的父母跟著自己走，邊牽過西河柳的手，「走囉，今天要把整個遊樂園都玩遍！」

那天，兩個小少年都玩得非常盡興，川柏的父母跟著一旁，看著兩人都這麼開心，也忍不住相視一笑。他們很高興，自己的兒子能認識到這麼個與自己相像的孩子，還相處得這般友好。

一行人在園裡吃完晚餐後，懷著愉快的心情結束了這短暫的一天。

＊

歲月匆匆，來生已經陪著西河柳走過了三個春秋。

這些年裡，西河柳抽高了許多，說話已經可以很流暢了，發音和咬字比過往標準、清晰了許多，不難想像，再過沒多久，他就會成長到與常人無異的程度。若是沒有特別去注意他耳上戴的助聽器，都不會知道他原來是個有耳疾、曾經連話都說不好的人。

唯一讓西河柳的心緒有較大波動的時候，是在今年得知川柏即將出國讀書的消息時。為此西河柳低落了好些時日，總是

懨懨的，提不起勁似的，話也說得少了，後果就是連來生都被影響了，跟著消沉了起來。

川柏在臨行前，來育幼院見了西河柳一面。
西河柳發覺少年相比上一次見面削瘦了許多，臉上泛著不健康的白，他擔憂地問道：「哥哥，你是不是生病了？」
川柏適時地咳了一聲，彷彿是驗證了西河柳的疑問。他笑了笑，手輕拂過西河柳的一頭柔順，「嗯，最近感冒了。天氣變涼了，西西也要多注意保暖。」
「會的。」西河柳乖巧地點了點頭，又接著問：「哥哥什麼時候會回來？」
這是他最在意、也最想知道答案的問題。
少年的目光黯了一瞬，連西河柳都沒有注意到。
「大學都是要讀三年以上的，當然啦，只要有放假回來，我就會來找你的。等我到國外以後，我一定會記得給你寫信，也順帶把一些好吃的零食寄回來給你。」
「真的嗎？」
「真的，答應你啦。」川柏伸出小拇指，「我們勾勾手。」

*

最近，西河柳的十二歲生日就要到了。

來生算了算日子，當初她來到育幼院，正是這一年。

過去她以為自己認識的西河柳原本就是那副模樣，不悲不喜、不卑不亢，滿溢的少年氣和那雙真誠的眼，笑起來像曬過太陽的棉被一樣，討得育幼院裡大半孩子都喜歡找他玩，她也不例外。

她曾疑惑過，面對生活給予他的苦難，他是怎麼做到這般從容的。

如今，總算有了解答。

明白了西河柳是怎麼走過來的，也看清了他是如何蛻變，她卻沒有任何愉快的心情，反而難受極了。

好捨不得啊，是真心疼，也真心碎。

那些會欺負西河柳的孩子們幾乎都已經離開育幼院了，剩下的幾個孩子不是向來帶頭的，於是都不怎麼來找他的麻煩了。這點正好證實了來生之前的猜測：為什麼她從沒碰見過西河柳被欺負的時候。

西河柳也因為說話流利了而不再感到那麼自卑，性格逐漸開朗起來，逢人便笑，不像從前總是畏畏縮縮的，沉默永遠是他除了點頭或搖頭以外唯一能給出的反應。

愈來愈像那個，來生認識的西河柳了。

愈來愈像她的葳葳了。

Chapter 2

少年

00

來生，很高興認識妳。
我是妳的歲歲。

01

見到孩童時候的自己是什麼感覺？
來生的心情簡直難以言喻。

這天，育幼院集合了所有的小朋友，向他們介紹新來的幾個
孩子，這裡頭便包含了來生。每回只要育幼院有來新人，都
會像這樣集合所有人並向他們一一介紹，甚至也有一回只來
一個新人，像這樣為了介紹新人而集合的活動幾乎每個月至
少都會有一次，在育幼院待了較長時間的孩子都已經見怪不
怪了，西河柳便是其一，這種事幾乎算是他們的日常了。當
然不只迎新，也時常會有送舊的活動。

從西河柳的視角觀察著一切的來生，看著被圈在中間的那個
過去的自己，看著她臉上的防備和陌生，莫名有些心酸。當
時剛來育幼院的自己，縱然不至於對每個出現在自己身邊的

人都抱有敵意，卻也如同一隻受了重傷的小獸，對於靠近自己的人都下意識地認為他們別有目的，渾身都是戾氣──哪怕不刺傷別人，也會刺傷自己。

西河柳沒有像其他孩子一樣上前湊熱鬧，安靜地抱著本書坐在角落裡，目光沒有流連於不遠處的熱鬧，彷彿自成一個世界。在川柏離開之後，儘管西河柳待人處事愈來愈圓融、進退有度，也不同於過去那般因為只會沉默所以看似對任何事情都漠不關心的模樣，雖然笑得多了，但能真正走近他的人幾乎沒有。

來生發覺，在某些方面，她和西河柳確實挺像的。

一樣涼薄。

*

這時候的來生來到育幼院已經三個月了。

這天下午，來生才剛回到房間，便被同房的女孩喊住了，朝她遞出一塊巧克力，「來生，這個給妳。」

女孩叫六月雪，是與來生同時間一起進育幼院的其中一人。年紀與她相仿，性格卻和她天差地遠，很是活潑開朗，進來沒多久便很快地和大家打成一片。

來生明白六月雪的好意，然而她頓了一會兒，還是沒有伸手接過，搖頭道：「謝謝，妳留著自己吃吧。」

「哎？妳真的不要嗎？這個很好吃的。」

「沒關係，謝謝。」語畢，來生沒再理會六月雪的叫喚，又轉身再次離開了房間。

來生不知不覺地走到了圖書室外的走廊，窗戶有些高度，但正好她仍比窗戶高了顆頭的距離，尚不需要踮起腳，就能透過大片的窗戶看見裡頭的景象──十多個明顯年紀比自己小的孩子圈坐在一起，目光全都匯聚在中間那個白淨少年的身上，他手裡捧著本書，嘴巴一張一合地不知道在說些什麼。

她觀察片刻，猜想，大概是中間那個男生在唸故事給身邊的孩子們聽吧。

來生就這樣趴在窗戶邊，待了很久都沒有離開。房間的隔音並不是多好，她能隱隱約約地聽見裡頭那個少年說話的聲音，和他的人一樣溫潤恬靜，她聽得有些昏昏欲睡。正當她的眼睛都快要闔上時，圖書室的門突然被打開了，從裡面探出身子的便是那個令她差點睡著的「罪魁禍首」。

少年眉目溫淡，朝她輕聲問道：「要進來嗎？一起聽故事。」

面對乍然冒出的聲音，來生這回總算是清醒了，盯著面前的男生，臉上沒有什麼表情，心裡卻忍不住嗤笑，看起來也沒比自己大多少吶，還讓自己跟著那群小孩子一起聽他唸故事

呢？儘管如此，她看著少年真誠的眼，卻是沒敢把心裡的話說出來，只是搖了搖頭，便一溜煙地跑走了。

少年一陣錯愕，啞然失笑，沒把這個小插曲放在心上，關上門繼續說他的故事去了。

來生沒有想到最後是自己打臉了自己。

接下來一連幾天的下午，來生都會到圖書室外報到，找出了那少年來圖書室同小朋友們說故事的時間和規律，她這才注意到少年原來戴著助聽器。這個東西她認得，以前班上也有一個男生戴著這玩意兒，不過只有左耳。

然而她也沒有想太多，她更在意的是少年到底說了什麼故事。小時候在家裡，她沒有故事書可以看，都被爸爸和媽媽留給哥哥了，她曾經嘗試偷偷去拿來看，但幾乎沒有成功過，唯一成功的一次後來也被發現了，自然少不了一頓打，她便再也不敢了。直到上小學以後，教室裡塞滿各式書籍的圖書櫃讓她喜不自勝，她沒有什麼朋友，也不在意，每回課間時候就抱著本書待在座位上看，那時候她才得以閱讀那些同齡人早早就看過的童話故事。

來生突然想到，她來到育幼院後，都還沒有進去過圖書室呢。

來生探頭趴在窗戶邊沒多久，裡頭的西河柳便注意到她了。

應該說，這幾天他都有注意到她，看見她徘徊在走廊上以及

窗邊，頭幾天他還像第一次那樣出去問她要不要進來，換來的回應都是她的搖頭和跑得不見人影，他總會被她逗笑。後來他轉念一想，或許是小女孩臉皮薄，不好意思進來，於是接下來的幾天他也配合地裝作沒看見她，卻偷偷替她開了一扇窗。

就這樣，來生趴在窗邊聽了兩個禮拜的故事。

說實話她還挺喜歡那個講故事的少年的，因為他的聲音好聽，清朗如風。不知道是不是因為還處於青少年的變聲期，沒有多低沉，但也不算稚嫩，在她聽來是那種很特別的質地。除此之外，他說故事時不呆板無趣，而且說的那些故事都是她沒有看過或聽過的。

來生想，要是下一次少年再問自己要不要進去，她就答應了吧。

02

轉眼間，聖誕節即將到來，孩子們都忙著布置起來，裝飾聖誕樹同樣是大家期待的一環，育幼院裡的老師及職員們如往年一般，開始著手準備要給孩子們的禮物，禮物便是前陣子收到的捐贈來的衣物、文具等。聖誕節畢竟只是一個過渡，禮物沒有多豐盛，畢竟年底過後還有農曆新年要準備，到時

候那些已經離開育幼院去外地讀書或工作的孩子們大部分都
會回來一起團聚，那時才是真熱鬧極了。

直到平安夜當天晚上，每個孩子都聚在大堂裡，排隊領取禮
物。禮物並沒有直接寫明哪個是誰的，只有大概地區分年齡
段和生理性別而已，但每個都包裝得嚴嚴實實，如同驚喜包
似的，誰都不知道自己拿到的禮物會是什麼，到時候只要雙
方同意也是能與其他人交換的。

來生拿到的是一件粉白色的洋裝。

六月雪看著有些欣羨，「來生，妳拿到的禮物好好哦。」

她拿到的是一套文具，包括彩色筆，以及一本全新的圖畫本。

比起洋裝，其實來生更喜歡六月雪拿到的禮物，她想了一會
兒，開口：「要不⋯⋯」我跟妳換吧。

然而她的話還沒有說完，手上忽然一空，一個個頭與自己差
不多高的女孩搶過了她手中的禮物袋，「我要這個！」

她這一聲呼喊，吸引了所有人的注意力。

一個老師走過來，喊了那個女生的名字，語氣有些無奈，蹲
下身試圖和她耐心講道理。

來生沒有離開原地，沉默地旁觀著，如同一個局外人。

卻沒想那個女生在聽完老師的話之後並沒有收斂，反而開始
哭鬧起來，直接賴在地上不起，彷彿只要不順她的意，她就
打算哭鬧到天荒地老，沒有一絲消停的跡象。

老師頭痛極了，知道女孩聽不進自己的話，歉意地朝著來生笑了笑，試探地問道：「還是來生……妳能不能和她換一下禮物？」

明眼人都知道這全是那個小女生自己在無理取鬧，但要是不解決，一時半刻還真是毫無辦法，偏偏影響到的是所有人。

來生冷眼看著那個女生的無賴樣，真令人作嘔。

明明拿了不是她自己的東西，現在卻搞得好像理所當然似的。憑什麼。是啊，憑什麼。

她不覺得退讓和隱忍能讓自己更好過，並不是所有事情都能退一步海闊天空，這樣只會讓別人得寸進尺而已──這道理她很早之前就明白了。

可是……這是她在這裡過的第一年而已。無可否認，在這裡，她接觸到的每個人大多都對自己很友善，她同樣也想回報些什麼。

來生看著面前的老師有些為難的神色，咬了咬唇，緩緩呼出一口氣。

好吧，她願意為了這些真正對她好的人退讓一次，「好。」僅此一次。

最後因為來生的妥協，那個女生終於不鬧了。出來調解的老師慶幸之餘仍然有些愧疚，打算晚點再去拿一份禮物補償來生。

*

禮物各自領取完畢，便是孩子們滿心期待的派對，期間會有
各式活動，贏的隊伍便可以拿到獎品，諸如此類的團康遊
戲。然而因為方才碰見糟心的事，來生卻沒興致繼續留在這
裡了，同老師告知一聲後就要離開。六月雪一聽她要回房，
有些擔心地想跟上去，卻被來生阻攔了，說讓六月雪留下來
好好玩，她自己一個人可以。
不遠處的西河柳從剛才衝突發生開始，就一直注意著來生這
邊的動靜。
他認出了她就是那個總是趴在窗邊聽故事的女孩。在混亂
中，他偏偏看穿了她臉上的不耐和隱忍。於是在來生離開的
同時，他的步伐也跟上她的，不遠不近。

來生沒有回房，反而是來到圖書室外，猶豫著要不要趁著沒
有人的時候進去看看。西河柳在後邊看著她的一舉一動，忍
不住笑出聲。
聽見聲音，來生警覺地回頭，發現來人是他以後，又稍稍放
鬆了下來。
兩人相顧沉默，最後還是西河柳首先發出邀請：「進來看
看？」
來生沒回答，直接脫了鞋當作自己的回應。

進了圖書室，看見琳瑯滿目的書籍陳列在自己面前，來生的眼裡染上絲絲愉悅，如同燭火一般明亮，眼前的景象讓她一掃積累在心中的鬱悶與怨憤。

跟在她身後進來的西河柳溫聲開口：「剛剛聽老師喊妳……來生，是吧？之前看妳總是趴在窗邊，下次就直接進來吧。」

他放下手中一路提過來的禮物袋，熟門熟路地從其中一個書櫃抽出一本書，在距離來生的不遠處盤腿坐了下來，朝她揮了揮手上的書，「想聽故事嗎？」

來生定睛看了眼書名，是她正好沒看過的。

這回，她倒是坦率多了，跟著坐了下來，手肘撐在膝蓋上，用眼神催促他趕緊開始。西河柳被女孩的反應逗笑，倒沒再吊她胃口，翻開書便開始給她講起了故事。

來生是個挺稱職又安靜的聽眾，她不像那群年紀較小的孩子，會一直發出疑問中斷西河柳的節奏。她知道大部分的解答都可以從接下來的故事裡獲得，所以並不著急。

西河柳卻是訝異自己還是第一次唸故事時沒有被打斷，以為是聽眾睡著了，餘光瞥見女孩仍一眼不瞬地看著自己，於是便繼續下去。不知道究竟過了多久，西河柳再次將餘光分給來生時，她似乎已經睡著了，雙手撐著兩頰。對於睡覺的人來說，這個彆扭的姿勢極其不安穩。

他停下，等了好一會兒，也沒見她出聲或睜眼，他這才確定她大概是真的睏了。

西河柳把書隨手往旁邊放，站起來伸展因為坐太久導致有些僵硬的四肢後，又靠著牆重新坐了下來，目光轉向窗外，天色漆黑如墨，唯一能看見的是那銀白色的彎月，沒有其他。由於育幼院所處位置算是偏鄉，沒有城市裡那麼多的空氣污染，早些年前，還可以看見星星，但如今卻是愈來愈難看見了，只有幸運的時候才能看見少數幾顆特別亮的星星。

這些年來，他因為性格變得比過去豁達開朗，在育幼院的日子連帶地好轉起來。他逐漸學著和人群接觸，這不只對他練習口條很有幫助，也能讓他學會更好地去融入一個群體。就連說書都是這樣開始的，他本來只是想以此來練習說話，卻沒想竟然收穫了這麼多意外的「聽眾」。

西河柳的目光落在不遠處的來生身上，見她睡得搖搖晃晃、東倒西歪，沒忍住唇角的上揚。

後來，來生是被西河柳喊醒的。

「先回房休息吧。」

腦袋還沒有清醒的來生一臉茫然，西河柳朝她伸出手，一個使力，便將她從地上拉了起來，「剛剛妳睡著了，剩下的我改天再講給妳聽吧，現在太晚了。」

「……好。」

西河柳陪著來生走到她的房間門口，「進去吧。」

來生正要開門之際，像是想起了什麼似的，猛然回頭，遲疑地開口：「那個……你叫什麼名字？」

少年一愣，很快地反應過來，笑了，「西河柳。我叫西河柳。」

——吶、川柏哥哥，你看，我現在也可以，說出自己的名字了呢。

03

有了第一次以後，第二次到第無數次都不顯得突兀了，因此來生每天定時來圖書室報到。只是她一直沒聽完平安夜那天，西河柳同她說的故事。

這天下午結束後，等到大多的孩子離開之後，西河柳留下來整理書櫃。

今天終於把講了一週的故事說完了，他要選出下一本適合這些孩子們聽的故事書。

來生沒走，磨磨蹭蹭地靠近他，「……歲歲？」

沒來由地，她不想單純地只喊少年的名字，而閃過腦海的第一個念頭便是這個字。

少年的動作頓了一頓，茫然又有些不確定地抬頭看向她，「是在……喊我嗎？」

他是真訝然，因為從沒有人這樣喊過他。

見面前的女孩一臉堅定地點頭，西河柳旋即失笑，他倒不介意她這樣喊自己，只是有些疑惑：「為什麼是歲歲？」

「因為上回你給我說的故事的書名裡有這個字。」

書名她甚至都沒記全，就只記得裡頭有這個字。

西河柳想起來了，原來是「歲歲平安」的「歲歲」。

「原來。」他笑了，沒再多說什麼，算是默認了女孩替他取的暱稱，接著問道：「怎麼了？」

「你什麼時候要把上次的故事說完呀？」

被這麼一問，西河柳才陡然想起這回事，於是提議道：「不如就現在吧。」

聽著少年的聲音因為用嗓過度而有些沙啞，也是，剛剛一連講了近兩個小時的故事，只有中途喝過幾次水而已，現在還要讓他繼續說話，怕是會受不了。

來生心想算了，乾脆道：「你記得那本書放在哪裡嗎？我自己看就好了，你去忙你的吧。」

西河柳一愣，點頭，從書櫃裡翻出那本書，正準備遞給她之時又收回了手，試探性地問道：「妳自己真的可以？」

「怎麼不可以？」來生不服氣，「我已經十一歲了呢，上過

小學，也認得字。」

「原來妳才比我小一歲。」少年顯得很驚訝，伸手比量了兩個人的身高，「妳看起來比我小很多，我以為妳才八、九歲左右。」

來生哼了聲，不想理會。長得高、發育得快，了不起啊？

西河柳仍好脾氣地笑著，拍了拍她的頭，「好好好，知道妳已經是個少女了。」

「啊！不要碰我的頭！」

……

兩人笑笑鬧鬧了好一會兒，最後各自做各自的事情去了。

注意到時間的流逝時，已是傍晚時分，橘紅色的天空斑斕絢麗，像一匹華美卻不豔俗的布帛，其中以各戶人家升起的炊煙和奔赴歸途的渴念作為點綴。

來生愣神地盯著窗外，忽然意動，開口喊住了少年：「歲歲。」

「嗯？」

「你為什麼會留在這裡？」是跟她一樣，因為沒有家人嗎？

西河柳似乎很是詫異，回過頭，見女孩黑白分明的雙眼牢牢鎖定在自己身上，儘管有些不明白為什麼她會突然問這個問題，依然照實回答：「這裡就是我的家啊。」

這下換來生頓住了，所以少年的意思是，他一直以來都是生

活在育幼院裡的嗎？

她面露遲疑之色，「你也……沒有家人嗎？」

西河柳搖頭，「我是被拋棄的，要說家人的話，大概只有院長媽媽吧。」

或許川柏哥哥也能算一個。

聽見少年的回答，來生霎時沉默下來，絞緊的手指出賣了她的不知所措。她是不是問錯問題了？會不會戳到他的傷心處？要不要說些什麼趕緊帶過？她實在不會安慰人。

西河柳一直沒等到女孩的回應，注意到她神色隱隱透露出的慌張和不安，大概猜到了她安靜下來的原因。他組織了下語言，斟酌著開口：「其實這裡挺好的，至少有飯吃、還能學習，大部分的人都很友善。」他的語氣輕緩，帶著安撫的意味，如同清晨靜靜躺在葉脈上的露珠，「妳不喜歡這裡嗎？」

「怎麼可能，這裡可比以前待的那個家好多了。」來生斂目，語帶諷意。

原生家庭帶給她的傷害比溫情要來得多太多了，如果沒有那場意外，她恐怕還要等上幾年才能離開那個鬼地方。那種家人，不要也罷。

語氣驟然的轉變讓少年不禁側過頭看向她，察覺女孩似乎沒有繼續傾訴的打算，他便見好就收，沒有再多問什麼，給予

對方適當的體貼。

接下來兩人便沒有再繼續交流。

良久以後，西河柳看了眼窗外的天色，站起身，「走吧，差不多要喊吃飯了。」

「好。」

聽著少年的聲音淌過耳邊，來生覺得，留在這裡確實，挺好的。

*

次日，西河柳下了課，正準備前往圖書室的時候卻被一陣哭聲攔住了步伐。

他尋到聲音來源處，原來是一個看似不過四、五歲的小女孩在哭。

由於絲毫沒有掩飾腳步聲，小女孩淚眼汪汪地抬頭，西河柳一眼就認出來了，這是他的忠實「聽眾」之一。他思索了片刻，她的名字好像叫……「諾諾？」

他對她算是挺有印象的，因為她是他的聽眾裡年紀最小的一個。

「哎。」小女孩用手背隨意地抹了抹眼淚，抽抽噎噎地朝他

喊了聲哥哥。

西河柳走近，在她身邊蹲下，「怎麼了？一個人躲在這裡哭。」聲音放得很輕很柔，像是生怕嚇著她一樣，「可以和我說說嗎？」

「我媽媽、留給我的⋯⋯洋娃娃⋯⋯被琪琪弄、弄壞了。」小女孩哭得像個淚人兒，話也說不清。

少年不知道琪琪是誰，他保持著沉默，先從口袋裡翻出一包紙巾，抽出一張遞給她，「呐、擦擦眼淚吧。」

等到諾諾的情緒穩定些後，他復又開口：「琪琪為什麼要弄壞妳的娃娃呢？妳們吵架了嗎？」他只能暫且猜測她口中的琪琪應該與她年紀相差不大。

諾諾哽咽地開始講起事情的發生和經過，話說得有些顛三倒四，但倒不妨礙西河柳理解她的意思。簡單來說，就是另一個叫琪琪的小女孩，不知怎麼地看上了諾諾的洋娃娃，便想搶過來占為己有，諾諾沒讓，因為那是她母親送給她的，唯一的生日禮物。琪琪就直接上手搶過洋娃娃，兩個小女生因此打了起來，後來是被同房的一個女生叫來的老師勸住了架，可是諾諾心愛的洋娃娃也在這場衝突裡被弄壞了。

西河柳聽完，莫名地想起了那個叫來生的女孩。
想起平安夜，她也倒楣地碰上這樣無理、幾乎溝通不了的

人。她在眾人的注視以及老師那飽含無奈和請求的眼神之下妥協了，如同一場干戈，煙硝還未起，就已經結束。

他看見了她尚未掩飾好的譏諷與不甘，可是那天晚上在圖書室裡，她平靜得像是什麼都沒有發生過一樣，絕口不提自己的委屈，她隱忍的姿態彷彿已經為此演練過無數次。如果她當時沒有選擇容忍，恐怕也會在對方踩著她的尾巴時毫不猶豫地亮出利爪，同對方拚得你死我活。

但偏偏她克制到底了。

他想，她是不是回去以後，也生生忍著沒有哭。

……

思緒回籠，他垂眼，面前的小女孩垂頭喪氣地哭訴著自己滿肚子的委屈。他其實一點也不擅長替人處理和分攤這種事，他過往被欺負時，都是忍氣吞聲罷了，那些苦楚與難堪向來無人能傾訴，最後只能由自己來消化。

這點和來生倒是挺像的。

唯一不同的是，她眼裡仍有不屈，他卻平靜而認命，宛如一灘死水。

西河柳摸了摸諾諾的頭，安靜地聽著她繼續說話。

在面對他人的惡意時，他從來沒有試圖反擊過，因此他沒有辦法說出「那就也去欺負她吧，讓她也深切體會一把妳曾經的失落和痛苦。」這種話。

他知道如果真的這樣做，就和那些人沒有什麼區別了。

或許在他人看來挺懦弱的，但這卻是他保護自己心裡那唯一一方淨土的方式。

諾諾哭得累了，不再繼續說話，雙手抱著膝蓋，把頭埋進膝間，彷彿這樣就能隔絕來自外界的干擾以及帶給她的傷心。

儘管他不明白要說些什麼才符合小女孩的期待，但他懂得如何安撫她的情緒以及轉移其注意力──他從手腕上拿下一條橡皮筋，他無聊時候除了看書，也會玩這個，用橡皮筋可以翻出許多花樣，只是一開始還不太會掌握的時候，他總會彈到自己，所以沒敢拿出來給那些比自己還細皮嫩肉的孩子們玩。

不過現在是特殊時候，倒是可以給諾諾演示看看。

「諾諾，我有一個很有趣的東西，想不想看？」西河柳只能看見女孩頭頂上的髮旋以及那兩條已經快要散開的辮子，語氣帶著哄誘：「還沒有其他人看過哦，諾諾要不要當第一個？」

一聽到「很有趣」與「第一個」這幾個關鍵詞，諾諾沒讓少年等太久，很快地抬頭，顯然被他所說的內容吸引了，臉上的傷心早已收拾得一乾二淨。

西河柳見她肯理會自己了，也沒有繼續吊她胃口，橡皮筋上手，乾脆又俐落地翻了幾種簡單的花樣給她看。

「哇這個好神奇啊，哥哥是怎麼做到的？教我、教我！」

少年將橡皮筋放進她的掌心裡，直接在她手上操作一番，

「來，妳看著……」

意識附著在西河柳身上的來生恍惚地看著眼前的這一幕。

她一直記得這時候的少年，簡直溫柔得不像話。或者說，他一直以來都是這麼溫柔的。

當年的她，在經過時，聽見熟悉的嗓音正低聲說著些什麼，於是她輕手輕腳地靠近，看見的正是此時的景象。那個叫諾諾的小女孩自己抓著那條橡皮筋玩耍，她身旁的少年安靜地替她重新整理頭髮，他許是不會紮辮子，於是換成了馬尾。

陽光毫不吝惜地大片大片傾落在他們的身上，如同一張露天的薄被，給予他們難得寧靜的午後時光。

也是從這個時候，她才真正開始對少年感到好奇和上心起來。

來生記得，她還在窗外偷聽西河柳說故事的時候，就聽見這個小女孩這麼問過少年：「哥哥，你耳朵上戴的那個是什麼呀？」

「這個是助聽器。」少年笑，用了個小女孩比較好理解的方式解釋道：「如果沒有它，我就聽不見諾諾妳說的話了。」

「那為什麼我不用戴，還是聽得見哥哥你說的話啊？」

「因為這代表諾諾的耳朵很健康呀，所以諾諾要記得，一定

要好好保護、珍惜。」

……

當時的來生聽著，說完全沒有觸動是假的，但她沒有因為同情他而流淚，她猜他大概也已經發現自己了吧，說著這些話的時候卻沒有選擇避開她。這樣的缺陷彷彿從來沒有令他陷入過低潮，他竟能如此豁達和淡然地撕開自己的傷疤，展示自己的弱點給他人看。

換作是她，根本做不到。

來生記得，自己曾經開玩笑地和西河柳說，將來他一定會是一個好丈夫、好爸爸。

那時候的他已是翩翩少年，個子已經高她將近一顆頭了。身形稍顯清瘦但勻稱，皮膚白得偶爾還能看見底下的青色，穿起白襯衫來好看得要命，對每個人都笑得那樣乾淨而無害，連風經過他的時候都忍不住多看一眼。

聞言，她的歲歲笑得無奈，似乎還含了幾許縱容的意味。

來生跟著笑，笑著的同時卻也紅了眼眶。

04

日子流淌，聖誕節過後，農曆新年很快地到來了。

在除夕夜前一週的早上，育幼院特地放了一天假，不上課，除了在外上學的孩子們以外，集合了院裡剩下的大小孩子們，分配不同的工作給每個人，一同進行大掃除。

院長媽媽先打個巴掌再給甜棗吃，她承諾只要大家都按時完成自己的工作，下午就提前來寫春聯和畫燈籠，之後便可以裝飾起來。聽見相對打掃有趣許多的活動，孩子們個個皆興奮不已，原本因為聽見要打掃而顯得無精打采的模樣都一掃而空。

來生分配到的工作是掃地，與六月雪一起負責三間教室。

來到第一間教室，兩個人先合力把課桌椅都搬到教室最後面之後，才開始討論要怎麼掃。六月雪首先表示意見：「來生，要不要妳從前面開始掃，我從後面，然後最後把掃到的垃圾集中在中間，等到前面這裡都掃乾淨以後，把桌椅都回復原狀，再清理後面原本沒掃到的地方。」

六月雪的處理方式不難理解，來生沒有任何異議。

於是，照著這樣的步驟，兩人很快地完成了所有的工作。

閒下來的時間，兩人一同去附近閒晃，看看有哪裡需要的話可以幫忙。

來生在經過圖書室的時候停住了步伐，六月雪疑惑之際，跟著往圖書室裡看了一眼，正好遙遙地對上了一雙含笑的

眼睛。

六月雪一愣，她並不認識裡頭的那個人，或是對方是來生認識的人？她這才後知後覺地將目光轉向自家好友，果然，看見來生也朝著那個同她們一牆之隔的少年笑了笑，當作打招呼。六月雪詫異地微微睜大眼，哎、真稀罕，難得見來生笑得如此真情實意。

直到走遠以後，六月雪才從驚訝之中回復過來，促狹地用手肘撞了撞來生，「春天來了啊？眼光挺好。」

來生沒好氣地推開她的手，「想太多。」

「別害羞啦，這也沒什麼，我也不介意跟妳分享，我現在喜歡的那個男生啊，他最近跟我說……」

「停停停！妳喜歡的人今天是這個，明天又換成了另一個，所以妳現在講的到底是哪個啊？是班上那個運動很厲害的，還是數學最好的那個？」

「哎呀！妳不懂，上一個我後來發現他雖然打球很厲害，但是他……」

兩人說說笑笑了一路，影子被拉得斜長，像極了青春的裙襬，尚有待填滿的空白。

＊

除夕夜當天，許多曾在育幼院長大，而如今已在外地讀書甚

至工作的孩子們也回來了。人一多起來，簡直熱鬧極了，與這幾天剛布置起來的大紅燈籠及春聯相輝映，盈滿了過年的喜慶氣氛。

下午時分，廚房阿姨帶著孩子們做發糕，說等到蒸好，可以分享給自己的好朋友。

來生和六月雪也在其中。

終於等到發糕出爐，六月雪毫不猶豫地拋棄了自家好友，轉頭便將自己的發糕送給了她最近喜歡上的男孩，拉著對方的手聊到了天南地北都還不放開。

來生看著好笑，倒也沒有過去打擾她，斂眸看著自己手上捧了許久的發糕，又抬眼看了一眼與自己隔了好些距離，正與一個大哥哥說話的西河柳。她愣是把地上的落葉踩了個遍，百無聊賴地等著他們的談話結束。

不知道究竟等了多久，恍惚之間看到面前冷不防多出的一雙鞋，她才慢吞吞地抬起頭。

「怎麼，不認識我了嗎？」面前的少年留意到她的神色，開玩笑道。

來生搖頭，怎麼可能。她把發糕遞給他，「這個給你，我做的。」語氣裡沾上了幾許連她自己都沒有注意到的驕傲與求賞意味。

西河柳對於人們的情緒和心思向來敏感，笑著接過發糕的同

時，另一隻手抓住女孩的手腕，「我們一起吃吧。」

話落，便拉著她回到大堂裡，隨意地找了個地方坐下。

少年小心翼翼地將發糕分成兩半，將大的放進來生的掌心裡
後，才開始吃起剩下的那一部分，咬了幾口後仍不忘適時地
捧場，稱讚女孩做得很好吃。

「你之前也有做過發糕嗎？」來生突然發問。

她是第一次在這裡過年，所有相關的活動對於她來說都新奇
不已，像是大掃除以及接下來的圍爐她也算有經歷過，但相
對地，在原生家庭過年的時候都沒有這般開心過。

西河柳笑著點頭，「有啊，待在這裡的頭幾年除夕都有做，
但後來就沒有了。」

「為什麼？」

「因為要把機會讓給妳呀。」

來生被他的回答噎了一下，發糕卡在喉嚨裡，令她不禁難受
得咳了起來。

西河柳趕緊伸手替她拍了拍背，「還好嗎？要不要幫妳拿一
杯水？」

女孩擺手表示不需要，順了順氣後才埋怨道：「都是你亂說
話，害我嗆到。」

少年眨了眨眼，沒發覺自己剛剛說的話有哪裡不對，只感覺
自己無辜中槍。

經過「因為一句話差點被發糕噎死」的驚險歷程，來生連吃團圓飯的時候都小心許多。因為細嚼慢嚥，花的時間也更多，坐在旁邊的六月雪已經吃完一輪了，準備要去排隊和院長媽媽以及其他院裡的大人們說句吉祥話來討壓歲錢了。

院裡的孩子不算少，其實領的壓歲錢也就是象徵性的一塊錢而已，但這也不妨礙孩子們對於領壓歲錢的熱中程度。

六月雪興沖沖地讓她趕緊動作，說隊伍已經排得很長了，再晚去就會耽誤到之後放煙火的時間。聽到放煙火，來生雙眼放亮，興趣來了，收拾的速度也跟著快了起來。

在終於領到了壓歲錢之後，兩個人馬不停蹄地往院裡的空地跑去，已經有許多孩子在那裡了，大人們忙著搗鼓放煙花，另一邊有好幾個大哥哥和大姊姊們正在發放每人一支的仙女棒，以及叮嚀孩子們要注意安全。

煙花打算在午夜零點施放，由於玩著仙女棒，孩子們守歲的同時也不會感到無聊。

歡聲笑語充滿在整座育幼院裡，綻放的不只有最純粹的童心，就連那些已經沾染上世俗紛擾的人們在看見彼此笑顏的同時仍不忘初心，像是從未對這個世界失望過。

來生用仙女棒畫出一顆愛心。花火閃過，燃燒過的軌道沒有

停留多久便消失了。

她也不介意，隨意地用仙女棒畫出其他東西。

少年來到她面前，用自己的仙女棒寫了兩個字。來生認得，那是她的名字。

她笑，學著他，一筆一劃寫出「西河柳」這三個字。

完成最後一筆的剎那，煙花盛放在夜色浸染的黑幕上，絢爛無比。

對上他的眼，她聽見他說：「新年快樂，來生。」

新年快樂呀，歲歲。很高興認識你。

Chapter 3

碎片

00

如果能早些遇見妳，我會親自帶妳走出深淵。
如果能早些遇見妳，那就好了。

01

捱過寒冬，終於等到三月春暖花開、萬物復甦，西河柳卻很
不幸地在季節轉換之際感冒了。一開始還不算嚴重，只是輕
微的咳嗽和鼻塞，到後來卻演變成喉嚨痛到啞不成聲，吐出
的每字每句聽來都支離破碎。
來生是在西河柳連著兩天都沒有去圖書室給孩子們講故事才
發現的。少年這幾天來說書時幾乎沒怎麼表現出異狀，咳了
幾聲，她都只以為是嗓子癢罷了。許是他自己也認為沒有什
麼大不了的，便不放在心上，直到如今病情加劇才不得不臥
床休息。

來生來到他的房門前，敲了敲，沒一會兒就聽見門後有個人
拖著沉重的步伐來到跟前，替她開了門。
面前出現的正是西河柳，他的臉色並不太好，倚著門框，看
見是她似乎有些驚訝，「來牛？」然後吃力地朝她掀了掀唇

角，「妳怎麼突然過來了？」

「大家都在等你。」來生見他面容憔悴，眉頭不禁蹙起，憂心地問道：「你還好嗎？有吃藥了嗎？」

「有的，吃完早餐過後有吃藥了。」西河柳扶額，「這兩天很抱歉，沒提前說一聲，讓你們還在圖書室等我。」

他沒想到普通的感冒竟會變得這般嚴重，醫護阿姨讓他好好待在房間休息，三餐還是廚房阿姨另外替他準備的、比較清淡的吃食，並且讓他的室友幫忙帶回來。這兩天不只圖書室沒去，他連課也沒有去上了。

現在想想，一場病，他麻煩了太多人，除了感激之外，還有些許愧疚。正如那句話，人情是最難償還的。

「你蹲下來一點。」來生扯了扯他的衣襬，在西河柳還沒弄明白她要做什麼，但仍先反射性地順著她的意低下身子之後，她的手掌很快地貼上了他的額頭，再對比自己的，「你是不是有點發燒呀？」

生病中的少年不只身體變得笨重，思維也跟著慢了半拍，雙眼微瞇，他學著女孩將自己的掌心貼上額頭，碰觸到的卻是另一片肌膚，涼的。他看見自己面前的人不知怎麼地愣住了，才後知後覺地反應過來——他掌心貼上的不是自己的額頭，而是她覆在自己額上的手。

「……抱歉，我可能因為剛睡醒沒多久，腦袋還沒有很清

醒。」他咳了一聲，羞赧又尷尬地放下自己的手，察覺女孩也順勢收回了手，心裡暗自舒了口氣。

「沒關係。」來生搖了搖頭，刻意地忽略方才他的掌心貼上自己的手背，而他懵然未覺地垂眼看著自己時，心跳漏了一拍的異樣。

兩人各自靜默了好幾秒，來生復又開口：「你的額頭有點燙，但我不太確定，我幫你找醫護阿姨過來吧，看是不是真的發燒了。」語畢，不給西河柳拒絕的機會，便將他往裡推了推，還貼心地替他關好了房門。

門裡的少年：「⋯⋯」行吧。

這回他倒沒有強撐著，畢竟身體也不允許他繼續折騰，於是他乖乖地躺回床上休息。

＊

果然不出她所料，少年確確實實地發燒了，溫度還不低。

方才她不過離開了片刻，回來時他就已經睡著了，臉頰上泛起不正常的紅，顯然他早就發燒了，無非是還沒有難受到無法忍耐，就當身子的不適只是吃藥的副作用而已。

為了讓醫護阿姨幫忙診斷，她喊醒他，偏偏他一副昏昏沉沉的模樣，她只好花老大的力氣與醫護阿姨一同將他從床上拽起來。

醫護阿姨還在替他喬著背後的枕頭，讓他待會兒能舒服地靠著，一併開始進行診斷的時候，少年的身子一傾，整個人幾乎是倚在來生的身上；頭一歪，呼吸噴灑在她的頸間，帶著無可躲避的熱氣與親密，接著她感覺到似乎有什麼軟軟的，貼上了那一塊肌膚。

「……」她徹底僵住，臉噌地一下紅了，試圖把他推開一些距離，他整個人又重新貼了上來，大概是燒糊塗了，還發出像是撒嬌似的低哼，凌亂的髮完全覆蓋住他的額頭，模樣惹人憐愛，乖順極了。

最後來生已經自暴自棄地任由他去了，幸好醫護阿姨動作迅速且俐落，她將他的身子靠回床頭後，才得以認真記下醫護阿姨的囑咐。

送走醫護阿姨後，來生重新回到西河柳的床邊，眼神複雜又無奈地看向床上的人。

真是個讓人不省心的傢伙，逞什麼能呢。

她嘆了口氣，心想算了，就不跟他計較了。平時他幫自己的也多，如今他生病了，她幫忙照顧一下也不為過，畢竟認真算起來，他們都是無依無靠的人。

來生拿起西河柳放在床頭櫃上的水杯，出去外頭替他裝滿溫水，過會兒還必須喊他起來吃退燒藥，等到汗排出來後，就會舒服許多。算好時間，她把藥餵給被喊醒卻仍舊迷糊的少

年以後，也沒有離開，反而拿起被他扔在一旁的書翻閱了起來，時不時地注意著他的狀況。

這一待就是一個下午。

來生伸手，再去探西河柳的額頭溫度，明顯地沒那麼燙了，還帶著些許汗意。

該是退燒了。她總算放下心來，又給他掖好被子，琢磨著這個時間點，他的室友也快要回來了，聽醫護阿姨說，因為室友有被交代過，所以連同西河柳的晚飯會被一同帶回來。到時候他的室友回來便能接手照看他，那她也差不多該離開了。

房間裡除了淺淺的呼吸聲之外，只剩下翻動書籍的摩挲聲，以及牆上時鐘的滴答聲。窗外的天色漸暗，供應室內的光線也逐漸減少，再晚一些就不適合繼續看書了，她生怕開了燈會影響少年的睡眠。

卻沒想到西河柳在他的室友回來之前便醒來了，比來生預想得要早。

「……來生？」西河柳仍含著朦朧睡意的嗓音在看見旁邊的人時，不禁參雜上一絲詫異，沒想到她一直沒有離開。

「你醒了，感覺還好嗎？」見他想起身，她忙伸手扶起他，讓他靠坐在床頭，「你餓了嗎？你的室友應該快回來了，再

等一下吧。」

如今退了燒，還出了一身汗，少年只感覺身子輕鬆無比，他不好意思地笑了笑，「實在麻煩你們了。」

「你要是覺得麻煩我們，那就拜託你趕快好起來吧。」也不要總是強撐著。

女孩的語氣雖然盡顯嫌棄之意，但西河柳卻是聽明白了她的話中有話，心中泛起暖意，「我會好好休養的。」

——不會再讓你們擔心。

02

一週後，西河柳徹底康復，生活重新回到軌道上。

而終於等到少年回來講故事給他們聽的孩子們可都樂壞了，一個個都跑過來掛在他身上，叮嚀他不要再生病了，要記得好好照顧自己諸如此類的關心話語。西河柳一邊笑著聽他們說話，一邊分出心神護住每個撲在他身上的孩子們，以免傷著了。

來生沒動，坐在不遠處看著被十多個孩子圍繞著的少年，她認識他也算有一段時日了，見他如此游刃有餘地應付每個孩子，她覺得他實在很神奇。跟他處在一塊的時候，會讓人不自覺地沉靜下來，他給人的感覺如同他的外貌，恬淡如水、

不具任何攻擊性似的，可是偶爾，她卻會覺得，其實他從來
沒有走近過誰，也沒有任何人真正走近過他，溫和彷彿只是
他的面具、是一堵牆。

可是偏偏她又清楚地明白，他所展現的，已然是他為數不多
的溫柔了。

好像也沒有什麼可以挑剔的了。少年似乎已經盡他所能。

西河柳注意到獨自坐在一旁的來生，像是在發呆。

他本欲喊她過來，但身邊全是孩子，沒有她的容身之處了。

察覺到少年的視線，來生抬眼，對上他彎起的眉眼，她跟著
笑，朝他比手畫腳一番，表示自己要先離開了。見他點頭，
她又做了個手勢，如同收到長官命令撤退的士兵，一溜煙地
跑走了。

然而來生還沒有回到房間，就在半路被六月雪攔住了。

「來生！」

八月雪氣喘吁吁地向她跑過來，停在她面前，雙手撐在膝蓋
上順了順氣，才開口：「妳能不能幫我一個忙啊？老師讓我
去後面的倉庫拿些書，但是松羅他們現在準備打球，要比賽
呢。」她雙手合十，祈求地看著來生，「拜託啦，好嗎？」

松羅就是那個班上數學最好的，六月雪的新晉男神。

來生靜默了三秒，「……妳可以結束後再去拿書？」

看，她的建議多麼合情合理。

「哎呀，就是因為老師說不能太晚拿去，所以才想說找妳幫忙，拜託嘛……」

「……好了、好了，我去就是。」來生簡直受不了六月雪那故意拖長的尾音，撒嬌過頭，雞皮疙瘩都起來了。

「哇！謝謝來生！就知道妳最好啦！」

「停住！別動！」

阻止了六月雪欲撲過來的動作以後，來生循著六月雪告訴自己的指示來到了後院的倉庫。

「原來這裡還真的有倉庫啊。」

倉庫看起來同她預想的差不多，老舊斑駁，兩層樓高。

說實話，她來到育幼院也超過半年了，但她熟悉的就那幾個常去的地方，她從沒來過這一帶，現處的環境對於她來說全然陌生。

她使了些力才推開倉庫那厚重的門，還發出「吱呀」一聲，門鎖顯然撐不了多久便該淘汰了，鬆開手，門在她身後重重合上。倉庫裡頭沒有燈，唯一的光源是從屋頂的一個小窗戶透進來的，來生僅憑藉著那微弱的光，稍顯吃力地在成堆的雜物裡翻找著六月雪指定的那幾本書，幸好物品歸類與排放得還算整齊，同類型的書籍全都在同一區域。

六月雪說的五本書，來生找了將近二十分鐘才全部找齊。

呼出一口氣，她再次確認書名無誤之後，準備離開。

由於室內的光線過暗，她看不大清楚腳下的步伐，只得小心翼翼地繞過堆在地上的各式物品往出口走去，卻沒想仍碰上了個障礙物，沒踩穩，愣是摔了個結結實實。

「嘶……」她忍不住痛呼出聲。

腳踝疼、屁股因為先著地也疼，幸好還不至於影響她的行動，於是她爬起身，拍了拍身上的髒污及灰塵，但它們依然頑固地附著在她的衣褲上，此刻再怎麼拍弄都顯得於事無補。來生決定不再理會，重新拾起方才一同摔落的書，忍著痛去拉倉庫的門，用力了好幾次沒拉開，使盡全力，那門仍舊不動如山。

來生呼出一口氣，無數次的失敗讓她煩躁不已，她進來時明明沒有這般費力，她的預感一向準確，怕是門鎖徹底壞了。

「真麻煩啊……」來生懊惱歸懊惱，沒打算繼續白費工夫，直接在地上坐了下來，揉了揉剛才傷到的腳踝。

這地段平常根本不會有人經過，她也搆不著高處的窗戶，等到天色完全暗下，就沒有任何一絲光亮了。

來生小小的身子縮在角落，她只希望六月雪良心發現她不見了，可以帶大人來幫她開門。

不知道究竟過了多久，整個空間徹底陷入伸手不見五指的

黑暗，如同最後一絲微弱的希望也被掐滅。

來生感覺有些冷，抱著膝，環住自己的臂膀，試圖留住些熱度。

她一向不喜歡全然的黑暗，那會使她焦慮、恐慌，沒有辦法好好呼吸。

昏沉之際，她面前閃過的，竟然是西河柳的那張面容。

*

在來生的記憶裡，她的父母親，似乎只是哥哥一個人的爸爸和媽媽。

應該這麼說，她是一個意外。

第一胎得子後，父母親便再也沒有打算要孩子了，卻沒想到在哥哥四歲時，母親又意外地懷孕了，肚裡的孩子便是她。

而她的父親也在母親預產期將近時被發現出軌，外遇對象還是母親的好閨蜜，與母親幾乎是同時懷的孕，母親知道後氣極，傷身又傷心，因此而早產。

她因為本是早產兒，身子骨極差，剛出生那會兒，她頻頻生病，當時母親和父親還在為了外遇一事吵得不可開交，根本無人顧及她，唯一的哥哥連照顧自己都不大會了，更不用說還能幫上什麼忙，然而很神奇的，她靠著自己頑強的生命力活了下來。

從她懂事起，她就沒得到過自家父母的好臉色。他們家是很明顯的重男輕女，這同時說明了為什麼她只是一個意外、一個累贅。儘管他們仍然提供自己溫飽、教育，她似乎也沒有其他可以抱怨的了；儘管所有好的東西全都給了哥哥，新衣服、新玩具、新書……那些都是屬於哥哥的，她根本連碰都碰不著。

來生想，雖然爸爸和媽媽不喜歡自己，但哥哥對她還不算太差。

她對父親其實沒什麼具體印象，只記得父親心情好的時候甚至會對她笑，但大部分時候都是無視她。比起她，他的心神更多放在另一個女兒身上。

當年夫妻兩人為了外遇一事吵了好多年，卻意外地一直都沒有選擇離婚，只是父親待在家的時間愈來愈少，偶爾回來的時候也總是一身酒氣或菸味，然後又會開始無止境的爭吵、拉扯，甚至拳打腳踢。

他可能不是一個好丈夫，但他確實是一個好父親——哥哥的好父親。

他和母親爭吵時，總會記得避開哥哥；他難得回家時，也會記得給哥哥帶禮物；在哥哥上小學的第一天，他會牽著哥哥的手帶他走進教室，每一年的家長會都沒有落下。

她與母親的接觸倒是挺多，因為母親總把她當作發洩對象，喊她「賤人」、「婊子」、「孽種」，或是一個不知道是誰的名字的時候，在母親抓著她的頭往牆上撞的時候，在她的呼痛聲愈來愈微弱的時候，她就明白了，母親恐怕是把她當作了父親的出軌對象，又或是對方那個與自己同樣無辜的孩子。她不大理解為什麼自己的母親會這樣對待自己，只覺得母親挺可憐的，那年父親出軌後，母親就病了，像個徹頭徹尾的瘋子。

她可能不是一個好妻子，但她確實是一個好母親——哥哥的好母親。

至少在哥哥面前，她永遠清醒且溫柔。

來生覺得自己的家庭似乎有些問題，但她說不上來。

直到七歲那年，她也準備要上小學了，那天她背著書包，興高采烈地到達了學校，看著校門口陪同自家孩子來報到的父母們，她才恍然意識到哪裡不對。這裡有這麼多與自己年齡相仿的孩子，只有她是孤身一人。

有個老師發現了她一個人東張西望，如同一隻誤入森林的羔羊，於是走過來問她：「妳的爸爸媽媽沒有陪妳一起來嗎？」

老師的聲音很溫柔，像極了父親和母親對待哥哥的時候。

來生張了張嘴，卻不知道該說些什麼。

03

來生不是沒來由地開始恨起這個世界的。

九歲的她已經搞懂了原來母親對自己施加的所有傷害可以稱之為「家暴」，沒有足夠力氣的她尚反抗不了，但她學會了隱忍，學會了如何讓痛落在不那麼脆弱的部位。

她計畫著等到上了國中就能選擇住宿，逃離這個已經扭曲的家庭。

過去她還可以找哥哥求救，哥哥甚至會幫她掩護，畢竟母親從來不會為難哥哥。但自從哥哥上了國中開始，她便不再與哥哥親近了。因為他結交了一群狐群狗黨，成天就是逃課、打架、抽菸或喝酒，後天養成的臭脾氣像極了父親，也學著他愈來愈少回家，不知道哪裡鬼混去了。

那時候她就知道，唯一的依靠也算是沒有了。她只剩下自己了。

身上的傷痕從沒有消退過，只有新傷在持續增加。

來生感覺自己也快要瘋了。

不知道從什麼時候開始，父親回來的時間多了許多，連帶

著哥哥也是，母親大部分的心神都放在他們身上，對她動手動腳的次數跟著減少。她為此感到無比慶幸，終於能喘一口氣。

來生以為日子正在好起來。

直到那天，家裡來了好幾個警察，把父親帶走了，母親和哥哥哭著喊著，淒厲得像是父親再也不會回來了似的——而事實證明，父親確實沒有再回來過，聽說是因為吸毒。

她想，怪不得。怪不得父親回家的次數多了起來，怪不得他的臉色一天比一天憔悴。

她沒有像母親與哥哥那樣哭，她覺得不值得。為那種人。

沒有了父親她其實無所謂，只是最直接的影響就是窮了。

家庭的開銷快要入不敷出，於是母親為了親愛的兒子不瘋了，開始外出找工作，最後在一間小工廠裡謀得了個職位，早出晚歸的生活使得母親沒有多餘精力去理會她，至多是漠視她，但總算不常對她暴力相向。

看起來，日子還算過得下去。

偏偏壓垮來生的最後一根稻草，是曾經維護過自己的哥哥。

那天晚上，哥哥一身臭烘烘的酒氣回家，跑來她的房間，親暱地抱著她。她不明白他在做什麼，可是哥哥呼出的濁氣噴灑在她的脖頸上，抓住她的手往他的下體摸去，她只感到無比噁心，於是她掙扎、又哭又叫，卻沒能阻止哥哥的動作，

她如同一個被操縱的玩偶，沒有任何反抗之力。不知道過了多久，她的手沾染了熱燙，哥哥發出一聲舒爽的喘息，終於提起褲子離開了。

哥哥如同嘗到了甜頭般，一連半個月的晚上都會闖進她的房間，做這些令她反胃的舉動，她尚存希望的那雙眼愈趨黯淡，麻木得像個死人。

她的生存欲望是在一日日的身心折磨下逐漸消弭的。

一開始哥哥也沒有更多「越過界」的行為，直到某天，他甚至想扒下她的褲子時，她才像是猛然驚醒一般，狠力推開他。哥哥在猝不及防之間被她推倒了，撞到了桌腳，好一會兒都沒能站起來。她跑出房間，衝進廚房裡拿起一把菜刀，刀尖朝外，目光看向從房裡奔出來的哥哥以及被兩人的動靜吵醒的母親。

「不要過來，再靠近一步，我刀子就往自己的脖子上劃。」她握著菜刀的手在微微顫抖著，將刀尖轉向自己，眼眶通紅，卻沒有哭。

母親一臉不悅，「妳在幹什麼，是不是我最近沒教訓妳，妳皮又癢了是不是！」

「有種就死啊！」哥哥狠狠地朝她吼，他褲子都還沒穿好就跟著跑出來了。

聞言，來生卻笑了，笑容詭異而扭曲，如同被逼到懸崖邊那

般，絕望至極，「好啊，我先殺了你們，我再自殺，我們一起死。」話落，她便揮著刀朝兩人衝去。

恍惚間聽見母親罵她是個瘋子，來生想，所以到底誰才是瘋子呢。

*

那天，母親與哥哥著實被來生的舉止嚇著了，除了哥哥被她劃破衣服之外，兩人皆毫髮無傷。合力制伏她以後，為了防止她再次「發瘋」，他們把她關進儲藏室裡好幾個日夜，只有定時給她三餐及水，說等到她冷靜就放她出來。

來生確實冷靜下來了。

她對於自己的「親人」已經瞭解透徹了，對待那種根本無法溝通的人，隱忍和退讓只會讓他們得寸進尺，唯獨比他們更瘋才能有效解決他們這種長期的隱患。

如今，明明她手上已經沒有任何利器了，可是看他們就連開門給她送飯菜時都小心翼翼的，生怕她再次發瘋似的。她看著都忍不住嗤笑，平常對她的狠勁都去哪裡了？

儘管如此，她卻無心思考太多，她現在最大的「敵人」是這一室的黑暗，讓她畏懼、使她窒息。所以她服輸了，在母親給自己送午餐的時候，她承諾不會再試圖攻擊他們以後，總算獲得了與那狹窄空間不同的、可見的光亮以及新鮮空氣。

在那之後，來生過上了前所未有的平靜生活。

她認為這樣的日子挺好，哥哥半夜不會再來自己的房間，母親也沒有再對她施加任何身體上的傷害，失望至極的她早已不需要虛偽的親情，他們識相地保持距離讓她舒心許多。

雖然無可否認，她如今仍須依附他們生活，但快了、她快要可以脫離他們了。

然而這樣的平靜沒有撐過半年，便被一場火給燒毀了。

那天放學回家，來生遠遠就見上空煙霧彌漫，走近後才發現原來發生意外的竟然是自己的家。聽說這場火災是因為一根菸引起的，帶走了兩條生命──她的哥哥與母親。

可是她竟然不難過，只覺得慶幸。

消防人員仍在救火，她被攔在封鎖線外，撲面而來的炙熱令她全身冒汗。失去意識之前，最後一眼看見的是那被無數朵橘紅色火焰包裹住的老舊屋舍。

總算解脫了。

＊

「來生？」

聽見自己的名字，她抬起埋在膝間的臉，突如其來的光亮令

她睜不開眼，她半瞇著眼，試圖看清來人。她僅能從紊亂的腳步聲判斷，似乎來了不只一個人。

片刻後，待她視線終於開闊，第一眼見著的人便是她失去意識前最後的念想。

西河柳蹲在她的面前，「還好嗎？站得起來嗎？」

來生愣然地望著面前的少年，對上他那雙毫不設防地顯露著擔憂的眼。

她不知道為什麼西河柳會來，更不知道他們是怎麼發現自己被困在倉庫裡的。

她沒有問，但她覺得，太好了。真是太好了。

她猛地抱住少年，後者被她突如其來的舉動反撲到地上，卻反應極快地伸手護住她，感覺到肩上的濕意，本欲推開的手頓了下。

「你怎麼這麼晚才來呀？」

聽見女孩沒來由的怪罪，他也沒有生氣，手重新放回女孩的背上，有一下沒一下地輕拍著，眼波溫柔，「抱歉來晚了，沒事了、一切都沒事了。」

少年的語氣溫和如往常，卻生生緩解了她心裡久久無法平息的駭浪。

來生曾經認為，自己不會再像過去那樣傻了，以為握住的手就不會被放開。

可是原來，她在深淵裡踽踽獨行那麼久以後，仍然渴望去相信另一個人。

甚至渴望光、渴望自由、渴望愛。太渴望了。

直到多年以後，來生都沒有和西河柳說，被困在倉庫許久的她在看見少年出現的那一刻，靈魂裡的一切躁動都歸於平靜。

是吧，世間給予她的救贖與偏愛只是遲來了一些。

04

吹在臉頰上的風開始變得暖熱之時，來生便知曉，夏天就要來了。

她經歷的所有離別都是在夏天發生的。

距離「倉庫事件」已經有些時日了，來生在夜裡卻依然會片段地想起過往的不愉快，被折騰著導致睡眠被影響，眼下因此生出了些許青黑。由於睡眠品質差，白日都無精打采，每天撐到下課之後，也沒有多餘的精力去圖書室聽西河柳說故事了，她疲累得只想回房補眠。

正因如此，西河柳一連兩週都沒有見著來生。他察覺那天她在倉庫裡的狀態明顯不對勁，偏偏後來他一直沒機會見到她

好詢問一番。

這天，來生下了課，收拾好東西，照例要回房之際，突地被喊住了。

她轉頭，看見的正是許久沒見的西河柳。驚喜之餘，她提著書袋朝他走過去，「歲歲？你怎麼來了？找我有什麼事嗎？」

「妳最近怎麼都沒有來聽故事了？」少年很自然地伸手替她拂去肩上落下的灰塵。

「啊、這個。」她有些不好意思，「因為我最近晚上都沒有睡好，睏得很，想說要是去了可能也只是換個地方補眠而已，還不如回房睡算了。」

原來，西河柳點頭。

可是又為什麼會睡不好呢？他又提出疑問。

來生頓了一頓，故作雲淡風輕地笑，「只是想到一些小時候的事情而已，沒什麼。」

「……就這樣？」

「真的啦，騙你做什麼。」來生面向他倒退著走，語氣輕鬆，「走呀，你現在是不是要去圖書室，我跟你去吧。」

「小心點，好好走路。」說得無奈，西河柳仍是記得替她看路，提醒她注意腳下的步伐以後，才開口問道：「妳不是要回房休息嗎？怎麼又突然改變主意了？」

「你都邀請我了，我怎麼好意思不去呢？」她笑盈盈，不等他回應，又道：「不過我明天是真的不去啦，小六說要召集大家玩躲避球，你要來嗎？」

小六？西河柳記起來了，是那個叫六月雪的女孩，來生的好友兼室友。

躲避球這件事西河柳有聽室友提起過，他略一思索，當時室友邀自己時，他沒說好還是不好。再次聽見同樣的邀請，他只是笑，「不參加，就看比賽可以嗎？」

*

隔日下午。

來生沒想到六月雪集合了這麼多人來玩，粗略估算，足足有將近四十人，幸好場地足夠大，不會過於擁擠。很快地分成了兩隊，並且分好內外場以後，比賽就正式開始了。

雖然說共同決定了三局兩勝制，但大家其實都沒有過於認真，純粹抱著來玩的輕鬆心態，氣氛很是和諧。如西河柳這般觀賽的人也不少，其中兩個人還被拉去充當裁判。

西河柳抱著本書站到了樹蔭底下，距離不遠，尚能看清場上的局勢。儘管帶了本書，他翻閱得倒是很少，心神多留意在球場上，書彷彿成了擺飾品。

時間流逝，比賽的進程已經過半，前兩局每隊分別贏了一場，如今是決勝局了。雖說只是玩玩而已，但畢竟都是孩子心性，在最後一局時，雙方不禁被激起了勝負欲，個個都認真了起來。

來生這一局還沒有被淘汰過，一直是留在內場的，見敵方得了球，似乎也沒有打算要往外場傳球，夥同隊友皆嚴陣以待。扔球的是個男生，個子挺壯，看起來力氣不小，一個使勁，手上的球就往女生多的地方砸，來生沒來得及躲開，生生被砸到了頭。她抱著頭蹲下身，腦袋暈乎乎的，對方把球砸過來時完全沒有稍微收斂手勁，砸得她眼冒金星。那男生一見傷到了人，跑過來直向她道歉，來生擺了擺手，習慣性地說沒事。

正當六月雪急急跑到好友身邊時，不遠處注意到這裡的動靜的西河柳也匆匆趕來了。

少年扶起蹲在地上的女孩，嘴抿成一直線。

來生還是第一次看見他這麼嚴肅的臉，她朝他扯開一個笑，「怎麼這副模樣啊。」

她伸出手，指尖點在他的眉心，試圖撫平他緊皺的眉頭，「我沒有什麼事，只是有點暈，等一下就好了。」可能會有點腫而已，但這點疼確實不比過去所受的痛，母親可是直接抓著她的頭往牆上撞呢。

「還站得起來嗎？」他的手放到她的頭部，找到受到撞擊的

位置，也不敢用力，只是輕輕地按揉著，暫時緩解了她的疼痛，「走吧，我帶妳去找醫護阿姨冰敷。」

西河柳準備帶著來生離開球場，其他人混亂一陣過後便打算繼續比賽。

六月雪有些擔憂，本欲跟著，卻被西河柳阻止了。「沒事，我帶她去就可以了，左右也沒參與比賽，你們繼續吧。」

來到醫護室後，裡頭沒有人。少年環視一圈，看見了冰箱，但直接動這裡的物品也不大禮貌，於是他先將來生扶上了床，讓她好好休息。

「妳先躺一會兒，我去找醫護阿姨。」替她掖好薄被，轉身離開之時卻被拉住了衣角，他回頭，低聲問道：「怎麼了？頭很疼嗎？」

「還好，我只是……有點想喝水。」躺在病床上的女孩一眼不瞬地看著他，聲音少了些朝氣，聽起來比平時要軟上幾分。

「……」莫名覺得她有裝可憐的嫌疑，但少年仍是應聲說好。

幸好醫護室裡頭就有飲水機和拋棄式紙杯，將水遞給來生以後，西河柳才離開去找醫護阿姨。

找到醫護阿姨時，已經是十多分鐘後的事情了。

西河柳在一旁看著醫護阿姨從冰箱裡拿出冰袋，讓來生敷著，她拿累了便換另一隻手，只是本來還在正確位置的冰袋卻愈來愈低。

少年好笑地看著女孩偷懶的舉動，她以為沒被注意到，可是如果不好好冰敷，就沒有辦法消腫。

無奈之下，他伸手接過她手裡的冰袋，「還暈嗎？」

來生本想搖頭，但頭被他固定住了，動彈不得，乖乖答道：「不暈了。」

「疼嗎？」

「不疼。」她幾乎是下意識地回答。

一直以來她都是一個人，過往只懂得隱忍，後來的她懂得反抗了，沒了家人的同時，又習慣了新的習慣，總把「沒事」掛在嘴邊。

然而如今，見他乾淨至極的眼直直地盯著自己，她頓時啞然失聲，兩人沉默對視片刻，她終於改口，承認了：「……挺疼的。」

西河柳放下冰袋，伸手替她揉了揉傷處，很輕地嘆了口氣。

「嗯，我也挺疼的。」

Chapter 4

家人

00

我終於有了家。

可是來生，我再也不會好起來了。

01

一晃眼就來到了夏天的尾巴，西河柳準備要上國中了，這意味著他大部分的時間即將被學校及課業所綑綁。儘管沒有住宿，但回到育幼院的時候也已經是傍晚時分，基本上，他沒有太多的空閒時間能夠給孩子們說書了。

將這則消息告知孩子們時，如他預想那般，免不了好一陣子的依依不捨，甚至有的孩子眼眶一紅，還掉起了眼淚；但被他安撫過後轉念一想，又不是說再也見不到了，只是無法享受那聽故事的悠閒時光罷了。

很快地，來到了西河柳要去學校報到的那天。

除了他以外，還有另外六個與自己同年紀的男女生，一同由尚在那所中學裡就讀的幾個哥哥姊姊帶著去報到及領取制服，順帶熟悉一下環境。由於有分國中部與高中部，校園比初來乍到的幾個孩子們想像得要人許多，這裡的一切都新奇

得讓他們移不開眼。

顯然院裡決定讓孩子們就讀這所學校不是沒有原因的。校址在市區裡，雖然說與育幼院之間有將近半小時的路程，但資源確實比偏鄉好得多，而且交通機能也不算差，育幼院附近正好有一個學校校車的接駁站。

報到日不是開學日，距離開學日還有一週左右。

報到日那天早早便回到了育幼院，晚些時候來生在西河柳的秘密基地找著了他，抓著少年，不停地將積累了好半天的問題丟出來，問得他暈頭轉向。

「歲歲，學校漂亮嗎？大嗎？教室呢？」

「分班出來了嗎？你是幾班的啊？你有看到你的同班同學了嗎？好不好相處呀？」

「領到制服了嗎？之前看過其他的哥哥姊姊穿過，可是我想看你穿起來的樣子。」

「你們班導師是男生還是女生啊？」

……

好不容易等到來生停下，少年才無奈開口：「妳一下子問太多了，我回答不上來。」他很輕地用手指推了推她的額頭，「而且，明明不是妳要外出去上學，怎麼比我還興奮。」

他幾乎沒使勁，一點也不疼。

她捂住額頭朝他笑，「我可期待著呢，好羨慕你啊，我還要

再等一年。」無論她現在是否還在原生家庭，上中學對於她來說都是一個新的開始，而這正是她最需要也最渴望的。

聽女孩這麼說，又見她滿眼欣羨，西河柳心下一動，「如果週末我要去學校自習，妳要不要一起來？」

或許可以帶她先去未來的學校看一看。

少年脫口而出的邀約並不是沒有經過考慮的，主要是學校認為自習是自主的行為，並不強制學生執行，但仍會為了附近居民及那些上進用功的學生們在週末開放圖書館或自習室供他們使用；其次是育幼院其實並不太限制孩子們的活動範圍，當然年紀小的仍需要大人陪同，但只要在規定時間內安全回去即可。

果然，來生的雙眼登時一亮，「好啊！那等你要去的時候，記得提前告訴我一聲。」

*

西河柳沒有讓來生等太久，在開學一個月以後，他就履行了承諾。

週末雖然有開放圖書館，但沒有校車，兩人只好再走遠一些搭公車到市區。

之前沒走過不知道，一走才知道育幼院到公車站的路程原來沒有想像中那樣短。走了十來分鐘，來生的步伐愈發沉重，

已經落下西河柳好些距離了，她忍不住朝前面的少年喊道：
「歲歲！到底還要走多久啊！」

她平時的活動範圍從沒有離開過育幼院，更不用說還到市區
了。公車站也太遠了吧，怪不得平時都沒有人說要來市區玩
耍，至多去附近的田野或鄉親鄰里那兒串門子而已。

被喊住的西河柳回身，才發現來生與自己之間的距離早已被
拉得老長，他往回走，「快了，再幾分鐘就到了。」他好笑
地從書袋裡翻出一包紙巾，抽出一張讓她擦一下汗。

來生接過，隨意地抹去額上沁出的汗，「借我拉一把。」她
攢著他的衣角，借了點力，好跟上他的步伐。

西河柳繼續走，任由她拉著，沒有回頭，只是溫聲提醒道：
「等等到了學校，我們先去圖書館，我留在那裡自習，看妳
要不要去外頭轉轉。記得不要跑出學校，一定要注意安全，
晚些時候妳再回來圖書館找我，回去的時間應該能趕在晚飯
之前。」

「好。」來生表示瞭解。

她很多時候都覺得，明明少年只比自己大一歲，但為人處世
比自己要成熟許多，做任何事情都考慮得周全，使人感到安
心可靠。跟他在一起，她似乎什麼都不需要擔心。

搭上公車，搖搖晃晃地到達了目的地，下車的位置正好是學
校的正對面。

西河柳循著記憶帶著來生走到了圖書館，雖然是週末，裡頭仍是坐了不少人，自然也不乏如來生這般的外校人士。找到空位坐下，西河柳又重複交代了一番才讓來生離開。

來生獨自在校園裡遛達，西河柳沒能陪伴確實遺憾，分開前他還因為沒有辦法陪她一起而向她道歉，但她明白他以學習為重，帶她一同來學校只是順帶。她感激他的貼心都來不及了，並不希望自己成為少年的負擔。

她不知不覺走到了國中部的區域，其中教學樓有四棟，都是四層樓，圍成一個口字，中間是一大片的草坪，被一條開闢出來的道路分隔成兩塊。

西河柳說他的教室在二樓，她本想上去看一眼，卻發現由於是假日，樓梯上了鎖，沒有辦法上樓。她感到有些惋惜之餘，只得留在一樓，透過緊鎖的門窗窺看教室裡頭的模樣。其實與她以前上的小學沒有什麼差別，教室該有的基本配備就是那些，只有空間以及課桌椅大了點。

沒來由地，一想到少年穿著制服，坐在裡頭認真地聽老師講課，她就忍俊不禁。

她很期待明年，可以進入這個有西河柳的校園。

來生沒有多逗留，繞完國中部的每個角落以後，便回圖書館找西河柳去了。

沒有料到女孩這麼快就回來了，少年很是詫異，小聲地詢問：「怎麼這麼快就回來了？」報到日那天，他們逛完一圈校園也花上好一段時間。

「我就去國中部的教學樓那裡看一看而已。」來生湊近，學著他低聲說話。

「妳沒有去高中部嗎？」那裡的教室和設備他看過，都比他待的國中部完善新穎得多。

來生撇嘴，「太遠啦，下次吧。」

她之前在學校官網上看過校園地圖，高中部距離國中部之間還有片小樹林呢。

西河柳聽她這麼一說，想起她剛剛走去公車站那體力不支的模樣，理解了。「行吧，那妳要不要去找一本書來看看？我可能還要一段時間。」

來生注意到他手邊還有幾張空白的卷子沒做，點了點頭，起身拿書去了。

偌大的圖書館陳列著一排排的書櫃，她粗略地掃過上頭的分類標籤，找到自己感興趣的一櫃，迅速地從中挑選了兩本書，抱著它們回到座位上，前後來回不過五分鐘左右。

西河柳注意到動靜，偏頭看了她一眼，稍稍把桌面上的東西往自己的位置上挪，好留給她足夠的空間。來生順勢坐下，沒有打擾他，安靜地拿起書翻閱起來，目光與心神很快地投

入進了書裡。

兩人各自做著各自的事情，互不干擾、毫無交流，唯有恬靜平和的氛圍圍繞在四周。

等到西河柳複習完所有的試卷和習題，側過頭想讓來生收拾準備回去，卻發現她趴在桌上睡著了，已經在嘴邊的話硬生生地吞了回去。

女孩是面向他睡的，頭髮全被攏在耳後，露出的下顎線條乾淨漂亮。

少年看了好半晌，小心翼翼地把她放在一旁置之不理的兩本書拿起，替她放回了書櫃。

回來的時候來生仍尚未清醒，西河柳坐回位置上，學著來生的姿勢，面朝她趴在桌面上，看見她原本勾在耳後的幾撮髮絲垂落到鼻翼附近，隨著她的呼吸一動一跳的。她像是被癢到了，眉頭輕蹙，顯得很不耐煩似的，片刻後便睜開了眼，那雙因為剛清醒而略顯迷茫的眼就這麼對上了西河柳的。

他眉眼一彎，忍不住笑了。

02

西河柳的國中生活過得還算順遂，眨眼之間，第一個學期就

沒什麼波折地過去了，迎來了學生們期待已久的假期。

在過年之前，育幼院舉辦了一場郊遊，準備帶孩子們出門踏青。

院裡經過幾番思量及預算的評估，決定前往外縣市的一個風景區，那裡除了有古蹟和廟宇可以參訪之外，下午還能去附近的老街逛上一逛，一天來回的時間足矣。只是由於人數過多，育幼院在這方面安排成三個隊伍，一天一個梯次前往。

很快地，將行程及支出規劃好以後，趁著風和日麗的好日子，被分到第一梯次的孩子們興高采烈地乘上遊覽車出發了。

在上車後，來生才注意到，原來不只自己和六月雪，就連西河柳都是第一梯次的。

西河柳及其室友在她們倆坐定位後才上車，來生剛放好隨身包，抬頭便與正準備經過自己身邊的西河柳對上了目光，她一愣。

少年早已認出她來了，何況她身邊坐的正好是六月雪，他知道兩人的關係，又怎麼會猜不出那個低著頭、只露出髮旋的女孩是誰？他走過，手在她的頭頂上拂過，他似乎還笑了一聲，很輕，讓她差點以為只是自己的錯覺。

車程的一開始，車上的氣氛都熱鬧哄哄的，孩子們已經很久沒有出遠門了，更不用說還有好幾個剛來沒多久的新人，個

個都興奮不已，甚至在老師及司機的默許下，有人開始點起了歌。

「來生，妳要嗎？」六月雪沒跟著湊熱鬧，卻是開封了一包餅乾，喀嚓喀嚓地吃了起來，仍不忘分享給好友。

「不是才剛吃完早餐嗎？」來生跟她相處這麼久以來，一直覺得她的胃恐怕是個無底洞，「妳又餓了？」

「不是餓，就是嘴巴想咬點什麼東西。」六月雪義正詞嚴地糾正她。

嗯，就是嘴饞。來生理解卻又無奈地點了點頭。

遊覽車行駛得平穩，等終於上了高速公路，原本鬧騰著的幾個孩子都消停了不少，歌也不唱了，因此司機轉而播起一部動畫，有的人看得投入，也有的人睡著了。

六月雪把一包餅乾解決了，她整理完垃圾後，滿足地靠回椅背上癱著，挪了挪身子，把頭靠在來生的肩上，像是突然想到什麼似地感嘆道：「來生，今年就是我們一起過的第二個新年了呢。」

聞言，來生霎時頓住。

是啊，她們即將在這裡度過第二個新年。不知道未來還有多少個新年會在這裡過。

六月雪沒等到好友的回應，卻不介意，自顧自地往下說，只是話題愈來愈偏，偏到了女生們間的私密心事。

來生安靜地聽著，偶爾附和幾句。

她想，如今這樣的日子確實挺好的，真的。

*

等終於到達目的地，已經過了一個半小時。

來生同六月雪在後半路也睡著了，被喊下車時與其他剛睡醒的孩子一樣，仍是一副睏倦模樣，似乎根本沒反應過來發生了什麼事。

西河柳晚一步下車，視線掃過面前的景象，不經意地見著了來生頭上那一撮胡亂翹起的頭髮，她正迷迷糊糊地穿著外套，雙眼半瞇。

他驀然想起了第一次與她一起去學校的圖書館，她趴著睡覺的模樣。

他看見六月雪上前替來生壓了壓那撮不安分的髮，沒幾下便平順了下來，他這才收斂起臉上漾開的笑意，不慢不緊地跟上大部隊的腳步。

他們在山腳邊下了車，還要再往上走一些才會到達第一個要參訪的廟宇，已有百年歷史，裡頭供奉著好幾位神明，如今仍舊香火鼎盛，前來參拜的人潮絡繹不絕。

院長媽媽還特別找來了風景區的工作人員作為這趟古蹟巡

禮的領隊，請他來向孩子們詳細介紹這一帶的特色和景點。儘管一路都是辛苦的上坡，但領隊說得生動有趣，內容豐富，吸引了孩子們大部分的注意力，倒是沒有人顯出任何疲憊樣。

步行將近十分鐘，廟宇的輪廓總算清晰可見。

工作人員尚未提醒，沒想到已經有孩子發現了，搶先一步興致勃勃地喊出聲：「到了、到了！就是這裡嗎？好漂亮啊！」

慶幸今天是平日，人流不算多，領隊前去和廟宇的工作人員交涉一番，給每個人都發了一支香，讓每個孩子循著廟裡的指標一一參拜祈福。

來生同好友原本還走在隊伍的中間，然而隨著她刻意放緩的步伐，六月雪這才發覺她們逐漸落到最後了，距離遠得她已經快要看不見最前頭的領隊在哪兒了，有些著急地拉了拉來生的衣袖，「哎、我們快點呀。」

這話不只落在來生的耳裡，也讓走在她們兩人後頭沒幾步的西河柳與其室友聽得一清二楚。來生被拉走之前只來得及回頭看西河柳一眼，什麼表情她沒看清，只記得少年的眼裡，滿是盈盈笑意。

包含參拜所花的時間，領隊讓大家在這裡停留不到一個小時

便準備下山了，畢竟之後還有幾個景點要走，甚至得在晚飯之前趕回育幼院。

行程很緊湊，但孩子們都很盡興。

由於是下坡，比剛剛上來要輕鬆得多，好幾個年紀較小、靜不住的孩子甚至玩起了你追我趕的遊戲，不亦樂乎。然而卻苦了陪同的老師們，一會兒喊著讓他們好好走路、不要跑跳，一會兒又得替他們注意安全。

這不，西河柳正是莫名被牽連的無辜受害者，兩個孩子朝他的背後猛地撞了過來，他背後當然不可能有長眼睛，連反應的時間都沒有，更不用說還做出什麼防禦措施了，整個人就要往前倒去。一隻手反應很快地從旁伸過來，使勁想止住他失去平衡的身子，拉住是拉住了，但那隻手的主人似乎沒有考慮過自己力量不足的因素，愣是把自己也拖了下水，和西河柳一同摔倒在地。

「嘶……」

「來生？」少年這才注意到被自己連累的人是誰，顧不得自己身上的傷，趕忙爬起，伸手將她扶起。

來生覺得自己身上與地面摩擦到的部分火辣辣地疼，這時候哪裡還有時間矯情，直接借著西河柳的手站起身，發現對方同樣狼狽，沒有比自己好到哪裡去，她噗哧一聲笑了出來。

西河柳不大理解為什麼受傷了她還能笑得出來，他扣住她的

手腕，無奈地說道：「別動，我看看有哪裡傷著了。」

來生笑了一陣便停了，見他認真的模樣，輕聲開口：「我沒什麼大礙，可是歲歲，你看起來比我慘多了。」

怎麼可能不痛，她的腳可疼了，不知道是不是扭到了，然而除此之外應該只是普通的擦傷。但少年明明看起來傷得比自己要重，卻一直沒見他先關心過自己的傷勢。

果然，如她所料，西河柳被她這麼一說，也僅是隨意地拍了拍身上的髒污，「沒事。」

來生呼出一口氣，莫名有些煩躁，反手拉過他，忍著疼，蹲下身替他檢查起身上的傷。向身旁的六月雪要過自己的隨身包，從裡面拿出水壺和手帕，替他清理起左膝蓋上那還在滲血的傷口。

「妳真的沒事？不疼嗎？」方才摔得那麼狠，怎麼可能一點事都沒有，西河柳想阻止她的動作，「別管我，先看看妳自己。」

「疼啊。」來生低著頭繼續手上的動作，看都沒看他一眼，彷彿只是隨口一答，毫不上心，卻在沒人看見的地方紅了眼眶。

她忽然想起了被球打到頭的那次，少年的手放在自己的頭上，說的那句話。

——歲歲，我也疼啊。

今年的除夕和往年幾乎沒有什麼不同——不，對於西河柳來
說，還是有些不同的。

這天下午，他被院長媽媽喊去她的辦公室，面對著眼前熟悉
卻也陌生的兩張面容，他感到莫名忐忑，面上卻沒顯半分，
背挺得筆直，唯有幾絲僵硬洩露了內心的緊張。

院長媽媽端來幾杯茶放在桌上，首先向西河柳介紹道：「西
西，這兩位你還記得嗎？之前來我們育幼院幫忙過的一位叫
川柏的哥哥，這是他的爸爸和媽媽。」

西河柳乖巧地點了點頭，他怎麼可能不認得，他們還曾帶過
川柏與他一同去遊樂園玩。

院長媽媽剛想繼續說下去，就被川柏的父親制止了，示意讓
他們自己來說。

「西西，很高興你還記得我們。」川父起身，繞過沙發，在
少年的面前蹲下，接下來要說的事情就連他自己也為此萎靡
了好一陣子，深吸了一口氣，「……川柏離開了。」

西河柳沒有反應過來他說的「離開」是怎樣的離開。他不敢
深想。

「什麼意思？」他問得小心翼翼，沒發覺自己的聲線在顫抖。

「他離開了，離開這個人世了。」川父閉眼，說出口的瞬間

像是一下老了十多歲。

猜測成真，少年僵住身子，不死心似地想從記憶裡翻出川柏還活著的證據，「……可、可是這個月我還有收到他的信啊。」

川母抹去眼角的淚，接著開口道：「那是他提前寫好給你的。他生病了，因為不想讓你擔心，所以沒有跟你說。他當初和你說他去國外念書了，確實是去了國外，但他是去治療的。」

治療？治療什麼？他生什麼病了？

西河柳只感覺茫然和惶恐，他竟然什麼都不知道。為什麼他什麼都不知道。

「川柏很掛念你，他離開前唯一的願望是希望能有一個弟弟。」川父寬厚的手覆上少年放在膝上的手背，「你願意，成為川柏的弟弟嗎？成為我們的孩子，我們從此就是一家人。」

他說一家人。

聞言，西河柳猛然抬頭，對上川父那雙溫和的眼，頓時說不出話來。

他還沒有消化完前一個消息帶來的震驚與悲傷，現在卻又面臨一個新的。他克制住面上的表情，內心卻早已混亂成一片，有些不知所措，今天得知的　切事實都讓他難以置信。

西河柳明白川柏父母的意思——他們打算收養他。

他沉默片刻，思緒百轉千迴，有些困惑地問道：「可是……為什麼是我呢？」

為什麼是他呢？這麼「草率地」就說要與他成為真正的一家人，育幼院裡有那麼多比自己健康、活潑的孩子，為什麼會是他呢，他明明只會成為他們的負擔，就因為川柏的一句話嗎？

川父笑了，反問：「為什麼不是你呢？」

西河柳啞口無聲。

「我們雖然只見過一次面，但我們早已從川柏那裡聽過許多關於你的事了，不完全因為川柏的那句話，最重要的是我們也很喜歡你。」川父的語氣裡帶著些許安撫的意味，「所以，為什麼不能是你呢？」

他又何嘗不明白自己兒子真正想表達的意思，先是提起西河柳，後又說想要一個弟弟，不就是希望西河柳成為他的弟弟嗎？他們自然是經過深思熟慮才下定決心來找西河柳的，不過確實，面前這個孩子，心思敏感得讓人不由地心疼。

少年抿唇，斟酌著開口：「那個……能讓我考慮一下嗎？」

「當然。」

川父站起身，與川母對視了一眼，該說的話都說完了，剩下

的還是要讓西河柳自己花時間好好想一想才行，今天帶給他的信息量已經足夠多了。

川父見他仍是一臉懵然，忍不住輕拍了下少年略顯單薄的肩，「過年後我們會再來，希望到時候可以得到你的答覆。」

西河柳看著院長媽媽將川柏的父母送出辦公室，後來也記不得自己是怎麼回到房間的。

他翻出川柏寄給自己的信，每一封都被他收藏得很好，厚實的一整疊，貫穿了一段不短的歲月。算起來他同川柏認識不過四、五年的時間，可是能有如今的他，有很大部分是由於有川柏給予自己的善意和幫助。

看盒子裡一大疊信，西河柳心裡明白得很，這些年裡，川柏從沒有忘記過他──就連離開人世之前，都仍惦念著他。

少年想起川柏的父母還說，他們想要成為他的家人。

這種感覺很奇怪，在他的記憶裡，從來沒有過所謂「父母」又或是「親人」的印象或概念。他被拋棄的時候年紀太小了，根本沒記清過他的親生父母是什麼模樣，而自己原本又該叫什麼名字，這些他全然不知。

因為沒有體會過，他曾感到好奇，甚至會渴望，但時間一長，就沒有那麼想要了。

偏偏他們說，川柏是這麼希望的。

西河柳為此陷入了迷茫。

*

「歲歲？」

來生在團圓飯後就沒見到少年，繞去了圖書室也不在，最後還是找來了他的房間才見到人，疑惑地問：「你怎麼沒出去啊？等等要放煙火了，你不看嗎？」

「要去了，走吧。」

西河柳回身去衣櫃裡拿了件外套，關好房門後，便匆匆跟上來生的腳步。

一路上，來生仔細地觀察著他的表情，有了隱隱約約的猜測，「你是不是，有什麼心事？」

「嗯？」少年詫異地將目光投向她，他臉上的鬱結太明顯了嗎？

兩人沉默對視了片刻，他張了張嘴，承認了：「確實有。」

他以為來生會繼續問下去，然而她卻沒再說話了。

當兩人來到後院的空地時，如往常一般，已經聚集了許多孩子，正玩著手中的仙女棒，語笑喧闐。

來生和不遠處的一個大姊姊拿來兩根仙女棒，分了一支給西

河柳，點點火光映照出她的笑臉，「不管有什麼心事，都先拋在一邊吧，今天晚上要開心點。」

西河柳伸手接過，很莫名地，在這一刻他忽然有了傾訴的欲望，他斂下眼簾，琢磨著該如何開口：「……今天，川柏的爸爸媽媽來找我了，說要收養我。」

川柏？來生一頭霧水，育幼院裡有這個人嗎？

很快地，西河柳便替她解開了疑惑，簡單交代了一下川柏與他之間的淵源，以及今天早上川柏的父母來找他談話的內容。

來生大致理解了整個故事，她當然知道收養是什麼意思，知道這代表少年會有一個家，會離開這裡……會離開她。

她一邊玩著手中的仙女棒，一邊漫不經心地回答道：「那你自己呢？你想要有一個完整的家嗎？」

來生想，怎麼可能會不想呢，就連她自己也想要。

「可是我不知道……我……不知道為什麼是我。」

來生聽出了一向從容淡淡的少年話裡難得的惶恐，有點鼻酸，語氣很輕：「歲歲，那是因為你不知道你有多麼值得。」

她用仙女棒一筆一劃地寫下他的名字，只是見她如此慎重的表情，彷彿在做什麼了不得的大事一樣。來生從西河柳的話裡聽得出來，他還是挺喜歡川柏的父母親的，他如果選擇成

為他們的孩子，他肯定能得到「家人」全心全意的愛和關心
——這是他從來沒有過的。

她的歲歲，哪裡會不值得呢。

這麼溫柔的男孩子啊，值得被世界溫柔以待。

04

西河柳最後選擇同川柏的父母離開。

來生並不意外，這是之於他來說最好的決定了，畢竟留在這
裡對他的幫助有限。離開以後，他就能擁有一個完整的家，
獲得完善的照顧以及更好的生活。

於是很快地，川柏的父母親替西河柳辦好一切手續，讓他收
拾自己的東西，在年假結束後沒多久，西河柳便離開了育幼
院，隨著川家夫婦回到了他們的家。

川家位處於市區的一個高級住宅區裡，是一幢豪華的別墅，
光是如此足以看出其家底的殷實程度。

川母早已替他整理出一間乾淨的房間了，就在川柏原本住的
那間的隔壁。

「西西，這就是你以後住的房間了，不知道你喜歡什麼樣的
風格，所以我沒有改動太多，看到時候你想怎麼布置就怎麼

布置。」川母將他的行李箱一同推了進來,「隔壁就是你川柏哥哥的房間,雖然他離開了,但我們都沒有動他的東西,等你整理好房間,可以去隔壁看一看。」

「謝謝……阿姨。」西河柳感激川家為他所做的一切,然而面對川母帶笑的柔婉眉眼,本欲嘗試喊出「媽媽」這陌生的兩個字,卻害怕因此唐突了對方。

他還沒有習慣新的環境、新的家人,如同踩在雲朵上,這一切都顯得那麼不切實際。

川母笑了,對於少年喊她的稱謂也不強求,明白他初來乍到的忐忑與不安,倒是心疼起這個過於早熟且敏感的孩子,她摸了摸他的頭,「那阿姨就先下樓了,你叔叔有點事情要忙所以又出門了,晚飯前就會回來了,你先整理,等會兒再喊你下樓一起吃飯。」

「好的。」

西河柳目送川母下樓以後回到房間,環視一周,整體色調是溫和的淺色,不難看出打理之人的用心,還特地裝飾了一些小物和飾品,看起來溫馨許多。

少年是第一次經受如此明晃晃的偏愛。

很奇怪,竟然可以說是「偏愛」。在育幼院的時候,因為孩子多,所有東西都是要等待分配的,房間是、衣服也是,不是所有的好東西都能落到自己頭上。當然也會有想要的東西

的時候，但不能說，說出來就會造成他人的困擾和麻煩——
育幼院給他的已經很多了。

他的東西不多，林林總總也就剛好裝滿一個行李箱而已。
他將裡頭的東西一一整理出來並各自放置好後，便去了隔
壁房。
川柏房間的格局與設計其實和他的差不多，唯一的區別不過
是這裡處處都是川柏曾經生活過的痕跡。書桌前的那面牆掛
了好幾幀相片，不外乎是川柏和父母或朋友的合照，獨有一
張吸引了西河柳全部的注意力。
是川柏和他的合照。是當時在遊樂園拍的，也是他們之間唯
一一張合照。

西河柳在川柏的房裡待到了晚餐時間，最後還是川母喊他下
樓的。
餐桌上有豐盛的四菜一湯，色香味俱全，勾起了每個人的食
慾。
川父已經回來了，但尚未脫去一身正裝，外套搭在椅背上，
見西河柳下來，招呼他去洗手盛飯後，連忙進廚房幫著川母
將湯端上桌。
川母夾了一塊排骨放進西河柳的碗裡，「西西，來、多吃
點。」

「謝謝阿姨。」

聽見少年喊的稱呼，川父卻是笑了，語氣溫和無比：「西西，放鬆些，這裡以後就是你的家，你就是我們的孩子了，如果有想要什麼都可以跟我們說。我們和川柏一樣，都很歡迎你的來到。」

川家夫婦在收養西河柳之前，也商量過好一陣子，川柏那番話確實是他們做出這個決定的其中一個理由，但並不是全部，將西河柳接回來，就代表他們做好了要陪伴與撫養他長大的準備，儘管這個孩子出乎他們意料的乖巧懂事。至於聽力受損的部分，這對他們來說並不是難事，他的情況同川柏的幾乎沒什麼兩樣，他們早已有經驗。

沒等西河柳回應，川父又接著說道：「你目前還是留在同一所學校就好，等你下學期結束，學業先暫停一年吧。暑假的時候我們想帶你出國治療看看，等回來再幫你辦轉學手續，就轉到這附近的中學，到時候去新的學校就不用搭那麼久的車了。」

這麼一長串的話，西河柳只抓到一個重點。「治療？」

是指，他的聽力嗎？可是他的聽力，還有恢復的可能嗎？

*

這些時日，意識附著在西河柳身上的來生仍然沒有離開。

她停留在這個世界已經好幾年，不知道現實裡的自己怎麼樣了，她最後的記憶是一臺車朝自己撞過來，之後便全是空白了。

這一切都真實得不像話，說是夢嗎？似乎不是。

她陪著她的歲歲從八歲到現在，如同被關在一間小房間裡，經歷著他經歷的一切、看見他看見的一切，這種現象毫無科學根據，而她至今都找不到任何得以離開的方法。

又為什麼，那麼剛好地，她來到的正是西河柳的身體裡呢？甚至也因此得知了那些她曾經不得而知的故事和經歷。她隱隱有些好奇，很多事情都只有聽他說過而已，他總是輕描淡寫地帶過，背後的辛苦與困頓從沒有向誰吐露過。

西河柳出國確實是要去治療聽力的。

慶幸的是，他的聽力受損不到完全失聰的程度，這也是為什麼他一直以來都只需要助聽器輔助。如果情況更嚴重些，育幼院可能根本負擔不起。

正如川父所說，說是治療，不過就是姑且一試，這種不可逆的傷害就算可以治療也是愈早愈好，而如今他已經十三歲

了，恢復的機率微乎其微。

但是任何可能他們都不想放棄。

西河柳在國外的那一整年，在遠在育幼院的來生看來，如同下落不明。

當時的她真的以為少年就此忘了她，然而如今神識與西河柳密不可分的來生終於知曉，原來這一切都不是當初的她想的那樣。

西河柳在病房裡給她寫了一大疊信，卻都沒有寄出去。

正如此刻，來生透過西河柳的眼，看見他提起筆，卻面露黯然之色。

她不知道為什麼少年不把信寄出去，但她知道這一年治療下來的結果。

西河柳自己大概也知道了。

可是她看見了什麼？少年寫下的每字每句都在訴說著治療的效果有多麼樂觀積極，說讓她不要擔心、一切都會好的。

來生被他的舉止刺激得眼眶紅了一圈，想哭出來，卻覺得眼睛乾澀無比，心臟像被用力攢住一般窒息，難以呼吸。

怎麼能這樣呢，怎麼能假裝若無其事。

如果把信寄出去，到底誰比誰殘忍？

········ Chapter 5 ········

無恙

00

來生，我回來了。

01

來生和西河柳重逢在高二那一年。
那是再尋常不過的一天——和少年離開的時候一模一樣。

早在開學前幾天，來生與六月雪便收拾包袱從育幼院搬回了學校宿舍。
當年兩人沒有選擇直升，而是一同以優異的在校成績保送市裡這所重點高中，免了學費之餘，還有額外的獎學金可以拿。她們在不同班各自度過了高中生涯的第一年後，歷經了這次的文理分班，兩人選的正好都是文科，幸運地做了一回同班同學。

開學當日，來生和六月雪一同從宿舍出發前往教室，途中，後者興奮地開啟了話匣子。
「不知道新的班級裡面，還有誰是我認識的。」
當初分班時，網路上只能查到自己所屬的班級，是看不見有

誰和自己同班的，班級名單只握在班導師手上，而且必須等到開學一週後才會完全確定下來。

「應該也不會太多吧，我們學校一個年級都有上百人，挺多個班級的，妳能認識多少人？」來生打趣道。

像他們這種市重點高中，進來的學生一個比一個還要專注學習，全副心神都放在課業上，交際圈說實話小得可憐。若非如她和六月雪這般，在先前早已認識，如果想要認識其他班級的人，除非課餘時間另行參加社團才較有可能。

她們到達班級時，由於時間尚早，教室裡只有寥寥幾人。

來生放眼望去，發現還真的沒有一個是一年級的同班同學，正想轉過頭問六月雪有沒有認識的人時，就見她直直地朝一個趴在桌上睡覺的男生走去，用書包甩了他一下，力道不大，但足以使對方注意到她。

那男生將臉從臂彎裡抬起來，一臉被吵醒的不悅，瞪向來人，六月雪也不甘示弱地與他對視。足足過了十多秒，那男生似乎才反應過來面前的人是誰，渾身的躁氣瞬間平和了些許，身子像沒骨頭似地往椅背上一靠，取而代之的是一股懶散勁。

「喲、好久不見啊，小矮子。真沒想到我們倆竟然同班。」

「你才小矮子。」六月雪沒好氣地白了他一眼，「說的好像我想跟你同班似的。」

把書包放下以後，六月雪注意到好友仍站在後門邊上，趕緊上前將她帶過來，給兩人互相介紹了一番：「來生，這是我高一的同班同學，凌霄。」

來生到現在才看見男生的模樣。

濃眉挺鼻，有雙好看的丹鳳眼，被他略長的髮擋住了些許視線。笑得漫不經心，十足疏懶。

嗯，一看就是許多女生會喜歡的型。

來生默默地得出了個結論。

她沒有六月雪那般熱情的個性，何況是與一個才認識第一天的人，於是她安靜地坐在一旁聽著兩人的對話，偶爾附和個幾句。

只是愈到後來，六月雪和凌霄聊的談話內容逐漸偏向那些她插不進去的話題。來生聽了好一會兒，百無聊賴之下分出心神，開始關注起班級裡的其他人，其中不乏如他們這般熱絡聊著天、顯然也是相互認識的人，而唯一的遺憾就是現在還是沒有看見任何一個眼熟的人。

在他們談天說地之時，許多人陸陸續續進了教室，空位逐漸被填滿。教室的座位安排同一年級一樣，每個人都是分開的，來生選擇的是靠窗的位置，和六月雪的座位隔了一個走道，而六月雪的後面正是凌霄。

來生乾脆盯著前門發起了呆，只是在看見一個人走進教室後，她不禁瞪大了眼。

——進來的不是其他人，正是她多年來朝思暮想的少年。

他怎麼會在這裡？原來他也是這所高中的嗎？可是她為什麼從來沒有遇見過他？來生心裡存有許多疑問，然而無可否認的是，乍見他之際，內心喜悅的情緒比錯愕要來得多。

是西河柳，是她的歲歲啊。

西河柳不只長高了許多，輪廓也比當年成熟精緻，眉目卻是清雋依舊，上挑的眼尾替他增添了幾分煙火氣，表情很淡，如同誤入凡間的神仙。

來生愣怔地望著他，西河柳在環顧教室尋找空位時，猝不及防間與她對上了眼，偏偏他只是頓了一頓，彷彿一絲詫異也無，彎起眼就笑了，眼裡盛滿她熟悉的溫情。

那一瞬間，來生竟然有想落淚的衝動。

*

開學第一天有許多事情要忙。

等班上所有人都到齊了以後，便要前往禮堂參加開學典禮。

禮堂的一樓容納不了所有的學生，所以通常都是留給高年級優先，來生幾人一年級的時候都是坐在二樓的，如今總算也

能坐在一樓了。找到班級名牌所在區域後，隨著同班同學魚貫而入，來生坐在了西河柳的左手邊。

難得地，來生有些坐立不安。相較方才見到西河柳選擇坐在自己後面還要讓人心慌。

不知道是不是因為太久沒有見面，來生反而沒有辦法如同老友相見般裝作若無其事地與少年打招呼，簡直無措極了，生疏得像是第一次見面似的，場合又不大合適，以致到現在她都沒有和西河柳正經地說上一句話，還沒有機會問出她的那些疑問。

坐在來生旁邊的六月雪用手肘輕輕地撞了一下好友，壓低聲音，湊在她耳邊問道：「所以妳到底問了沒啊？」

來生小幅度地搖頭，有些氣餒。

在少年面前，除了當年的倉庫事件外，她還沒有這麼不知所措過。

六月雪噎住，恨鐵不成鋼地看著她，那眼神如同在看自己不成材的子女似的。但轉念一想，剛才確實也沒有什麼能夠讓兩人獨處的機會，恐怕只能等到中午休息時間了。

接下來兩人沒有再說話，哪怕典禮正進行中，周圍仍會有教官在巡視，抓得比往常嚴實得多，聊天、玩手機或是睡覺的一個都不會放過。

終於捱到散場，趁著人群混亂之際，來生猛然生出了一股勇

氣，轉過頭準確地握住西河柳的手，拉著他穿越重重人海與風景，來到了一個無人的樓梯口。

鬆開手，來生撐著膝頭順氣，累得不行，倒是跟著跑了一路的西河柳卻臉不紅氣不喘的，安靜地等在一旁。如果此刻來生抬頭，肯定能看見他眼裡毫不隱藏的笑意。

「妳的體力還是這麼差。」

……什麼？來生沒想到幾年沒見，少年同自己說的第一句話竟然是這個。

他語氣裡的熟悉和親暱讓她失了神，彷彿兩人還是當年在育幼院裡，幼稚地互相用仙女棒寫對方名字的孩子。

西河柳從口袋裡掏出一包紙巾，遞給她，讓她擦一擦臉上的汗。

來生有點想笑，她一直以來都是易出汗的體質，少年總會隨身帶一包紙巾，然後適時地給予她幫助，而如今這樣的習慣依然沒有改變——讓她也忍不住跟著以為，一切真的從來沒有變過。

她眨了眨濕潤的眼眶，沒讓西河柳察覺出異樣。

「歲歲，你這幾年，都在哪裡呀？」來生終於問出口。

其實她早知道，在西河柳被收養之後，他們的生活就不會再有任何交集，應該說，正常都是如此。但忘了是誰先開始的，在西河柳出國之前，他們仍然維持著聯繫，偶爾還會見

面，也正是因為如此，來生才會理所當然地認為他們之間的羈絆本來就該延續下去，所以在西河柳出國以後音訊全無，這之間的落差讓來生難以釋懷。

那時候她唯一能使用的聯絡方式只有寄信，手機也是這兩年來才有的，偏偏她對他出國的細節一無所知，她因此慌過，卻又因為篤信少年不是會無緣無故消失的那種人，於是決定等下去，可這一等，便等到現在。

而現在，他們都長大了。他們都、長大了啊。

西河柳抿了抿唇，「回國以後，我就轉學了，轉到離家裡比較近的國中，不過因為休學一年，所以回來時還是從國二開始讀起。後來……我就考上了現在這所學校。」

來生聽完有種暈眩感，兜兜轉轉，等了這麼久的人原來在一年前就已經離自己這麼近了。

「可是為什麼，你回來了，卻不聯繫我啊？」她問得小心翼翼。

這是來生最想知道的問題。不是說好了，要寫信給她的嗎？要來見她的嗎？

少年眼睫一顫，默然以對。

面前的女孩明媚如陽，用一雙飽含希冀的眼神看著自己，他卻感覺渾身僵硬，像是壓倒駱駝的最後一根稻草，自卑感如

同海嘯般席捲而來，從腳踝漫至頭頂，淹沒了他長久維持的從容和不屈。

西河柳不知道該如何解釋。

要怎麼說，因為治療的結果不如預期，所以他灰心至極，又因為自尊心作祟，於是只想躲起來誰也不想見？他根本康復不了。

是了，他再也好不了了。他這一輩子只能這樣了。

很悲哀，明明來生就站在面前，他卻感覺自己與她之間隔了萬水千山。

02

「凌霄？凌霄！」

感覺到桌上傳來的震動，筆尖的墨水在課本上劃出突兀的一道痕跡，握筆的主人才慢半拍地反應過來，方才那道聲音原來是在喊自己。

他抬頭，與站在自己桌前的六月雪對上了眼。

「你在想什麼啊？我喊你喊了好幾次，都下課了，你還不走嗎？」

凌霄環顧教室一周，果然班上的人全走光了，只剩下他和六月雪，以及等在門邊的來生與那個叫西河柳的男生。

凌霄收回餘光，開始收拾起自己的東西，將書包甩到肩上，大步往門口走去，勾著笑說道：「抱歉啊，讓你們等我那麼久，我就是學習太認真了，不小心沉浸進去了。」說著的同時，他從口袋裡掏出幾根棒棒糖，留了一根給自己，剩下的全分給了另外三人，當作賠罪——儘管他的表情與語氣好似一點都不誠懇。

他徑自拆開包裝紙，直接咬進嘴裡，口腔裡甜膩的草莓味蔓延，他滿足地瞇起了眼。

「就你會說。」六月雪沒好氣地一手揮開他打算在她頭上作亂的手，「煩死了，走了走了。」

走出教學樓，四人準備分道揚鑣。來生和六月雪是要回宿舍的，兩個男生則是要去搭公車，於是很自然地分成兩路解散。

在走去搭公車的路上，西河柳與凌霄有一搭沒一搭地說著話，氣氛輕鬆閒散。

對於向自己釋出善意的人，西河柳向來加倍奉還，尤其他其實還挺喜歡凌霄的，喜歡他身上尚未磨平的稜角以及那股肆意張揚，都是他所沒有的，或者說，早已被消耗殆盡的。

想起凌霄方才給了自己一根棒棒糖，於是西河柳在經過一間便利商店時停下了腳步。凌霄以為他只是想買瓶水之類，便在外頭等著，沒過一會兒就見西河柳拿著　包糖果出來了。

凌霄疑惑，「你想吃糖？我這裡還有啊。」說著就要伸手去翻褲袋。

然而對方的一句話止住了他的動作。

西河柳搖頭，將那包糖果遞給他，「這是給你的回禮。」

見他喜歡吃糖，於是買了糖。

「啊？」凌霄愣是沒跟上西河柳的腦迴路，自己給了他什麼嗎？好像只給了……「那根棒棒糖？」

得到少年肯定的回覆，他噗哧一聲，眼角笑出淚花。

「要糖我多著呢，你自己留著吧。」凌霄擺手，本想推拒，卻受不了西河柳三番兩次的堅持，還是接了過來，「……哎、行吧行吧，那謝啦，我就不客氣地收下了。」

凌霄嘴裡的棒棒糖早已吃完了，卻仍咬著那根白色的棍子不放。

走到公車站時，他才將棍子扔進一旁的垃圾桶裡，而後懶洋洋地將手搭在西河柳的肩上，「說真的，不用這麼客氣，別搞什麼謝禮，我們也算是朋友了啊，不是嗎？」

西河柳沒說話。他明白凌霄的意思，但在他看來，就算是朋友也是需要一來一往地付出，不能永遠都是單方面而已——儘管只是一根棒棒糖。

凌霄見西河柳的反應忍不住又笑。

還挺死腦筋。

恰好這時他的車來了，和西河柳揮了揮手當作道別，轉身就跟著人群上了公車。

原本尚顯擁擠的公車亭瞬間空了一大半。

西河柳的眼神追著公車的尾氣直至消失，摸到了口袋裡的那根棒棒糖，他拿出來看，是葡萄味的。收攏掌心，垂下眼眸，濃密的睫毛在眼下形成了一小片陰影的同時，也覆蓋住眼底漫起的情緒。

西河柳忽然想起，多年以前，與來生一起過的第一個除夕。

女孩想把自己做的整塊發糕給自己，如同將自己的全部都交付給他，毫無保留。

如今的他變得容易感動，明白有些善意和溫柔是如此得來不易。

中午的時候，他其實想問問來生，分別的日子裡，她過得好不好。

他沒有告訴她，這些年來，他很想她。

＊

按照慣例，開學的第一週是沒有晚自習的。

於是來生幾人打算在今天晚上來聚個餐，吃的是學校附近商圈裡的一間熱炒店。

其實惠的價格對於身為學生黨的他們來說是個好選擇，又經非常挑嘴的凌霄認證，裡頭的幾道招牌菜都是難得一遇的美味，絕不會踩雷。

經過幾天的相處，就連慢熱的來生，在六月雪和凌霄這兩個性格相對活潑的人的帶動之下，也逐漸能跟上其他人的節奏，每一次的笑點都能馬上反應過來，這些改變也讓她更快地融入新的班級裡。當然，西河柳就更不用說了，他比來生圓滑世故得多，面對大部分的事情，他都是游刃有餘的。

當晚，他們到達熱炒店時，已經沒有座位了。
凌霄常來，知道十次有八次都是要候位的，倒是不怎麼意外。畢竟夜晚才是這裡最熱鬧的時候，人潮總是伴隨著各式吆喝聲從四面八方湧入這條不算寬敞的街道。
幸好候位沒多久，就等到了一張空桌。

入座後，很快地共同點完了幾道料理，凌霄負責先去買單。
留在位置上的其他人也沒有閒著，來生的上半身前傾，去拿放置在中間的餐具，卻也因為這樣的舉動，原本安置在自己腿上的外套順勢滑了下地。她察覺到了，卻沒有理會，只先將拿好的餐具用衛生紙墊好後一一放在大家的桌前，才彎下身子，低下頭去撈掉落在桌底下的外套。
西河柳坐在來生旁邊，注意到了女孩的動作，想也沒想地伸

手替她護著頭。這下意識的反應自然至極，如同做過千萬次似的，令一旁的六月雪忍不住多看了一眼，心思百轉千迴，認為西河柳過於草木皆兵了。

不過就是探進桌下撿個外套，也不會這麼傻，頭還不小心撞到桌子吧？

然而就見下一秒，來生的頭直直撞進了少年寬大的掌心。

六月雪：「……」她的好朋友什麼時候變得這麼粗線條了？

來生沒感覺到疼，尚有些懵然，直起身子後才發現，原來是西河柳替她擋住了傷害。

「那個……」六月雪咳了一聲，提議道：「我去買飲料吧，這裡好像沒有賣。」說完就要起身，卻被西河柳喊住。

「我去吧，你們留在這裡等就好。」

來生方才本欲說話時被六月雪打斷了，這下看見西河柳已經走遠，她急忙扔下一句，「我跟他一起去。」便跟著跑走了。

「哎？」六月雪見兩個人都跑得沒影了，只得重新坐下。

片刻後，凌霄回來了，見桌邊只剩下孤零零的六月雪，他挑了挑眉，「他們人呢？」

「去買飲料唄。」

03

另一邊，來生匆匆追上西河柳，「歲歲！」她抓住他的衣襬。

在一片喧鬧中，少年沒聽見她的喊聲，是察覺到細微的阻礙才回了頭，詫異道：「來生，妳怎麼也跟來了？」

來生愣住，她倒是沒想過這個問題，就是見著西河柳走遠的背影，像極了那時，他出國前來育幼院，輕輕地同她道了個別，就沒有再回來過。

兩人對視。

來生眨了眨眼，隨便扯了個理由。「陪你一起啊，四杯飲料你肯定拿不了吧。」

西河柳並不在意她說的什麼，他也就隨口一問罷了，揚唇笑，「那走吧。」

兩人不知道究竟走了多久，許是走偏了，這一帶竟沒有任何商家的蹤影。

「……這裡不是商圈嗎，怎麼連間飲料店都沒有啊。」來生咕噥。

西河柳眉頭輕蹙，觀察著周圍，「我們好像走出商圈了。」

似乎來到了商圈外的住宅區。

「那我們走回去吧。你有帶手機嗎？導航一下。」

西河柳依她所言，定位以後才發現，確實，他們所處的位置

已經不是在商圈的範圍內了，但幸好，他們走的距離不算遠，回到商圈不用多少時間。

跟著導航，兩人走進了一條巷子，裡頭安靜到有些詭譎，只有幾盞昏黃甚至微弱的路燈，倒還算是勉強能看清腳下的路和周遭的景色。

來生被猛然襲來的一陣冷風吹得全身一抖，西河柳注意到了，將她往自己身後帶。

「冷就走在我後面吧，我給妳擋風。」

這時，不知道從哪裡蹦出來的三個人，擋住了他們的去路。

那三人咬著菸，穿著花襯衫和夾腳拖，露出兩條滿是刺青的手臂，理的是龐克頭，走起路來吊兒啷噹的，非主流般的造型出奇一致。中間那個明顯是老大的，臉上還有一道疤，倒是顯得兇狠許多。

然而不論看起來多麼令人想發笑，卻明顯不是善類。

西河柳下意識地擋住身後的來生，同時擋住了那三人看過來的視線。

「喲、新來的吧，留下點過路費吧。」其中一個小弟發話了，上下打量著兩人，「也不用多，五千就行。」

來生儘管視線受阻，卻不影響她聽見對方說的話，明白他們大概是遇上打劫的了。可是他們這身裝束還看不出來嗎？他

們只是學生，哪裡來的五千塊？這獅子大開口未免太過了。

西河柳聽見這數字倒是冷靜許多，試圖商量：「我們沒有那麼多錢，能不能少一些？」

來生瞪大眼，扯了扯少年的衣袖。不是，還真的要給錢？瘋了嗎？

西河柳垂眼，稍稍扭過頭看了她一眼，握住她的手，安撫似地緊了緊。

很奇異地，來生竟然明白他的意思——他讓她不要怕。

西河柳會想息事寧人是因為顧忌到來生，一個女孩子，細皮嫩肉的，要是打起架波及到她，那該有多疼啊，這不是他樂見的。他早已不是過去那個手無縛雞之力的孩子了，儘管他患有耳疾，但其他的身體機能均正常，更不用說這些年裡，川家提供了他學習跆拳道、防身術等的各種資源。雖然按他的性格，非必要時他都不怎麼願意動用這些技能。

帶頭的老大笑了，像是聽到一個好笑的笑話一樣，「跟我討價還價？小子，不怕死？」

「我們沒有那麼多錢。」還是雷打不動的那句話。

言下之意：沒錢就是沒錢，再說還是沒有錢。

老大不耐煩了，招呼上旁邊的兩個小弟，直接動手。

西河柳本能就想躲，但想到來生還在自己身後，於是硬生生地扛下了這一拳，對方下手毫不留情，讓他直接見血。

來生聽見少年的悶哼聲，眼眶瞬間紅了，掙脫他的手，目光觸及到他臉上的傷口，彷彿看見的是過去自己血流滿面的模樣，顫抖著聲音問道：「歲、歲歲，疼嗎？」

沒等西河柳回答，她又自顧自地說下去：「肯定很疼吧……沒事的、沒事的，我不會再讓他們欺負你了。」

西河柳捕捉到來生眼底的隱痛和躁鬱，隱隱察覺不大對勁。

雖然早有心理準備，但見來生從口袋裡掏出一把小折刀，刀鋒對準了那三人的時候，西河柳仍不免震驚。

他沒想到來生竟然隨身帶刀。

來生回過頭朝少年笑了笑，輕聲開口：「歲歲，我把這三個人都殺了，他們就不會欺負你了。」

西河柳的瞳孔緊縮。

來生步步逼近那三人，臉上帶著扭曲的笑意，說出來的每字每句都讓人不寒而慄。

「我的爸爸吸毒被抓，媽媽從小虐待我、打我，抓著我的頭去撞牆，我頭破血流，我喊疼，沒有人理、也沒有人來救我，甚至我曾經最親愛的哥哥，竟然想要侵犯我。你們知道我做了什麼嗎？」來生瘋狂地笑了起來，「我把他們都殺了。他們全都死了，所以我解脫了。」

西河柳剛回過神來，又聽見了女孩的一席話，他好半天都沒有辦法反應過來，心臟像被凌遲般，一頓一頓地，腦袋脹得

發疼。

他從來沒聽她提起過這些──或者說，他一點都不瞭解她的過去。

曾經他認為不去探聽他人的隱私或過往是一種尊重，但此刻聽來生在這樣的情況下說起，他只覺得挫敗與無力。

來生究竟經歷過什麼？他的來生，究竟經歷過什麼？

「所以你們，為什麼要欺負我的歲歲呢？」

西河柳霎時意識到，來生不是開玩笑，而是真的想要殺了他們。

來生在失控。

那三人不住地退後，看瘋子一樣的眼神看著來生。他們在這一帶搶劫靠的一向是拳腳功夫，遇上帶刀的還是第一次──尤其對方在他們看來簡直就是一個瘋子、一個神經病。

來生衝上前，刀尖正準備往前一送之時，整個人突然被束縛住了。

西河柳從來生身後緊緊箍住她，致使她無法動彈。

那三人見狀，趁機跑了，模樣狼狽至極。

西河柳無暇去理會，畢竟現在，懷裡的人重要得多。

「來生。」

西河柳小心翼翼地抽掉來生手裡的刀，扔在地上，「來生，我在這裡，沒事了，一切都沒事了。」

心緒激動使她的呼吸變得紊亂，胸腔劇烈的起伏在少年的低聲安撫下逐漸和緩。

良久後，理智回籠，記憶清晰起來，沉默在兩人之間蔓延。

來生深呼一口氣，「……你都聽到了。」是肯定句。

果然，西河柳應了一聲。

「我沒有殺了他們，但我確實、想殺他們。」來生的聲音很輕，第一次毫無隱瞞地向西河柳揭露自己不為人知的往事，「過去的我懦弱、瑟縮，以為忍過就好，直到我受不了的那天，我衝進廚房拿了把菜刀，威脅說要殺了他們，他們覺得我是個瘋子，但無所謂，至少奏效了，他們不會再欺負我了。後來沒多久，他們死在了一場大火裡。可是我一點都不傷心，只覺得他們活該，感覺自己解脫了。」

這串話似乎解釋了為什麼來生身上會帶一把刀──對她來說，那是曾經救過自己的工具，因此認為無比有用。

來生笑了一聲，語氣裡滿是自嘲意味，「我是不是很糟糕？我就是個傻頭傻尾的瘋子。」

──和她的母親一樣。

西河柳轉過她的身子，雙手捧住她的臉，指腹抹去她眼角泛出的淚痕，聲線低沉溫柔，「不是的，我們的來生是個很好、很可愛的女孩。」

是他這麼多年以來，都惦念著的人。

「歲歲。」來生哽咽道：「你能不能抱抱我？」

少年二話不說，雙臂一攬，重新圈住她，任由女孩的淚濕了自己的頸窩與衣襟，一手輕拍著她的背。

哭吧，沒事了，一切都沒事了。

他會陪著她。他回來了，不會離開了。

04

六月雪綁著一頭高馬尾，在十二月初的大冷天裡依然穿著短袖短褲，準備接下來都要輕裝上陣，一邊熱著身、一邊問好友：「來生，妳參加了什麼項目啊？我們有一樣的嗎？」

來生是知道六月雪報的項目的，她想了片刻，搖頭，「我就報了一項趣味競賽。」

就她那體力，跑步運動什麼的，完全不是適合她發揮的主場。

「啊……」六月雪有些可惜，自己報的除了個跳高之外，剩下的則是接力賽，但轉念一想，又挺開心，「那我們的時間就不會衝突到啦，到時候我去幫妳加油，妳也記得來找我啊。」

這點小事，來生自然一口應下。

活動過筋骨以後，六月雪在來生旁邊坐了下來，怎麼舒服怎

麼癱，感嘆道：「今天天氣真好啊。學校挺聰明的，挑剛考完期中的日子舉辦校慶，明天還有園遊會呢。」

「可不是。」來生慢悠悠地啃著手裡的麵包，「這兩天放鬆完，下週還要面對考試成績呢。」

「停停停！」六月雪捂住耳，「這兩天不要讓我聽到那幾個字。」

來生揶揄道：「還想逃避現實啊。」

「哪是，這兩天就是要盡情地玩啊，還提什麼讀書、考試、成績那些有的沒的，也太掃興了吧。」六月雪嗔怪，輕輕地撞了下好友的肩膀，藉此表達自己的不滿。

「在聊什麼？」

背後忽然出現的聲音皆讓來生和六月雪嚇了一大跳。

「嚇死人啊！突然竄出來做什麼。」六月雪拍了拍胸口，氣咻咻地瞪了凌霄一眼，爾後又問：「你們剛才去哪裡了？」

「日行一善唄。」凌霄將懷裡的一箱飲料往上托了托，「嘖、要是沒有我們，你們今天就喝不到飲料了。」

兩個人幼稚地拌起嘴來，在來生和西河柳看來，這幾乎是每天都在發生的事情，已經見怪不怪。就來生這些日子的觀察，凌霄似乎一直在讓著六月雪，再怎麼吵也不會說出傷人的話，大多時候六月雪看似占上風，但實則不然，凌霄總是在成全著女孩的好勝心、面子以及那點小驕傲，就連此刻，

原本飲料該是由今天值日的她和另一個女生去搬的，誰知道
她們倆去指定地點取時，卻被告知說已經領走了，後來才聽
其他人說是凌霄找西河柳一同前往的。

凌霄這個人……

來生的目光倏地對上他的，她朝他笑，用口型對他說了句
「謝謝」，凌霄回給她一個懶洋洋的笑，不以為意地擺了
擺手。

……確實挺好的。

西河柳將懷裡的紙箱放下，回過身恰好撞見了來生和凌霄的
對視一笑。

「來生。」

「嗯？」來生正扭過頭，一頂棒球帽就壓了下來，她將帽簷
往上推，看見了始作俑者，「歲歲？怎麼了？」

西河柳替她撫正帽子，「走吧，妳不是說要回去教室拿東
西？」

「啊、對，我差點忘了。」來生看了眼剛巧被班長通知說要
去檢錄的六月雪，「但是……我答應小六要去看她的跳高比
賽呢，這樣會不會來不及啊？」

「放心，應該是不會。」西河柳往操場中央看了眼集合的人
潮，顯然到正式比賽開始前，尚需一段時間。

「走吧。」

回到教室，來生這才後知後覺地想起自己要拿的東西是什麼，看了眼站在後門等待的少年，臉上泛起一絲尷尬與不自在——她忘記自己要拿的是女性用品了。

將東西胡亂塞進外套口袋裡，走到門邊丟下一句「我去趟廁所」便匆匆跑走了。

西河柳摸不著頭緒，決定走去樓梯口等她。

來生出來時，見少年倚在圍欄邊上，她走過去，「你在看什麼？」

「跳高比賽開始了，不過應該還沒有輪到高二。」

他們如今身處三樓，不算高樓層，但是距離操場卻有些距離，只能看見密密麻麻的人群，根本看不清臉。

來生一聽，放鬆了下來，與西河柳閒聊起來。

「歲歲，你有參加什麼項目嗎？」

「嗯？我報了四百和兩千公尺的接力賽。」西河柳記得，凌霄也是。

「什麼時候？」

「下午兩點。」

「好，那我去給你加油。」

來生笑盈盈地把帽子摘下要還給西河柳，抬臂之際，西河柳配合地彎下身，運動服隨著他彎下腰的動作稍稍繃緊，勾勒出他削薄勁瘦的腰線，朝氣蓬勃的年輕身軀。

「好啦。」

少年抬眼朝她笑，柔順的髮覆蓋著額頭，濃密捲翹的睫毛一扇，如同蝴蝶振翅。

來生不禁欣羨，「歲歲，你的睫毛好長啊，眼睛真好看。」

西河柳眨了眨眼，盯著她瞧了好一會兒，同樣認真地誇讚一番：「來生妳的也好看。」

來生一頓，迅速將他的帽簷往下拉，擋住他的視線後，一溜煙地跑下樓。

西河柳慢條斯理地直起身，抿著唇無聲地笑了。

唔、害羞了。

*

來生參加的趣味競賽在上午比完了，下午安排的全是競速有關的接力賽，也是運動會的所有項目裡，最受眾人矚目及期待的。

個人賽是最早結束的，接下來才是團體賽。

在高二男子組的四百公尺接力賽開始之前，六月雪拉著來生穿過大半個操場，經驗豐富地搶先占據最佳的觀賽位置。

第一組的第三條跑道便是他們班。

凌霄站在起跑線上，蓄勢待發，待槍聲一響，如離弦之箭向

前衝去。

參加四百公尺接力賽的各班男女生代表，實力絕對是極為出眾的，每一棒都有逆轉的可能性，是速度上的視覺盛宴。

「七班加油！衝啊！」

「十三班加油啊，不要放棄！只差一點！」

「啊啊啊！超過他、超過他！」

……

來生被身邊的尖叫與歡呼聲感染了熱烈的氣氛，心臟咚咚地跳得飛快，刺激和興奮的情緒讓她的面容紅潤起來，開始跟著六月雪一起尖叫喊加油。

到了第三棒，差距逐漸顯現，他們班和另一班跑在前頭，不相上下。

交接到最後一棒時，所有人都不由自主地屏住了呼吸。最後一棒能出現的變數太多了，能不能翻盤就看這最後一次的機會了。

西河柳是最後一棒。

和另一班的選手幾乎是同時接過接力棒，西河柳在彎道的地方沒有絲毫減速，趁著這個時候甩開了對方一大截。他的全副心神都集中在腳下的步伐和眼前的景象，即將到達終點時，他看見了來生的身影。

女孩臉蛋紅撲撲的，周遭的聲音太多又太雜，他根本無法分辨她在喊些什麼——難得見她這麼活潑的樣子。

衝過終點，震耳欲聾的歡呼聲響起。

比賽告一段落，班裡的人全都圍過來，為班上得了個第一名
而欣喜不已。

凌霄和西河柳擊了個掌，「好樣的啊，兄弟！」

西河柳笑，順手接過他遞來的水，「是你們給力。」

「啊啊啊啊啊啊啊！你們太棒了！」

六月雪誇張的喊聲由遠而近，拉著來生擠到兩人的面前，
「為我們班貢獻了榮譽啊！」

「那可不。」凌霄瞇起眼笑，黑髮在方才跑步時被風吹得凌
亂，語氣裡的得意毫不掩飾，張揚得不可一世。

來生的目光悄悄轉向一旁的西河柳，一層薄汗覆蓋在他露出
的肌膚上，他卻像是絲毫不在意似的，一口一口地喝著水。

來生忽然想起，西河柳的帽子還在她頭上，是方才比賽前，
他又將帽子交給她的。

少年與她的視線撞上，朝她做了個口型。

第一次，她愣是沒看懂，讓他又重複了幾遍才明白。

他說：「我厲害嗎？」

來生憋住笑，回了他幾個字。

西河柳學過唇語，來生為了讓他看懂說得很慢，自然一下便
看懂了。

她說：「你最棒啦。」

Chapter 6

枯景

00

冬日凋零，萬物沉眠。

終於等到繁花盛開之際，我卻差點失去妳。

01

「歲歲！」

少年回頭，樓梯上沒見著一個人影，他抬頭，只見來生趴在樓梯的扶手邊上朝他揮手。

「你要去哪裡啊？」

西河柳仰著頭對來生笑，「去找英語老師拿改好的卷子。」

噢、對，西河是英語課的小老師。來生才想起這回事。

「那我跟你一起去。」說著的同時，她踩著凌亂的腳步匆匆下樓。

見狀，西河柳無奈又憂心地提醒道，「慢點，慢點下來，我會等妳。」

在剩下最後幾級臺階時，來生直接一步跨兩個，沒等在最底層的少年伸手攙扶，來生便穩當地站在了他的面前。

西河柳見她沒事，呼出一口氣，用指尖點了點她的額頭，「別總那麼急躁。」

來生捂著額，咕噥：「這不是怕你走了嗎⋯⋯」

西河柳頓了一下，垂眸，看著女孩因為低頭而露出的髮旋，伸出手，掌心停在來生的頭頂，愣是沒有放上去，片刻後又收回了手，恍若什麼都沒有發生似的。

少年溫聲開口：「走吧。」

一路上，來生打了好幾次的寒顫，鼻尖通紅。

「怎麼不好好待在教室裡，大冷天的。」

西河柳注意到了，一邊嗔怪著，一邊摘下了自己的圍巾，圈上她的脖頸，給她繞了個好看且結實的結，確保不留一絲讓冷風鑽進去的機會。

來生習慣性地沒有去躲避西河柳的舉動，某些時候，她甚至會恍惚地認為他們之間從不存在分別和重逢，好像沒有缺失的那幾年一樣。

有些事情變了，就像她臉上的嬰兒肥已經消失，而少年的眉目逐漸精緻；有些事情卻沒有，比如此刻自然至極的親暱，任誰都毫無察覺的依賴。

來生抿著嘴笑，「不只你，小六和凌霄也不知道去了哪裡，我就自己出來晃晃，一直坐在溫暖的教室裡我感覺自己要成一隻冬眠的熊了。」

西河柳莞爾，「快了，春天快到了。」

從以前開始，來生就不喜歡冬天，還沒認識西河柳之前，那

些年的冬天冷得令她絕望至極；西河柳離開之後，更是如此，呼出的每口氣都看得見白煙。

她不經思考地直接回道：「那到時候我就是一隻春天的熊了。」

——喜歡春天的熊。

西河柳還是笑，眼底流轉著細碎的陽光以及真真切切的愉悅。

西河柳的圍巾，是絕對經典且不會出錯的黑色。

來生抬手摸了摸，材質很柔軟，舒服極了，蹭在皮膚上不會發癢。

她自己也有圍巾，是前年聖誕節拿到的禮物，但一點都不好看，布料更是毫不細緻。她戴過幾次，戴久了總癢得令人受不了，後來她便再也沒戴過。

再拿西河柳的對比自己的，他的簡直好上太多。

她翻到了個小標籤，有一面寫了串英文字，可能是品牌的名稱，她沒聽過，看起來挺貴、挺高級的，品質也確實向她昭示了這條圍巾應有的價值。

來生有些感慨，她的西河有了個家，過得應該很好，生活品質上升不只一個檔次——還能帶他出國治療，這其中所需的花費她連想都不敢想。

沒忍住，她還是問出口：「歲歲，他們對你好嗎？」

「他們」指的是川家夫婦。

這問題來得突兀，西河柳一時之間沒反應過來。「……誰
們？」

「你新的家人。」

少年面容柔和，唇角微揚，「他們對我很好。」

這是實話。川柏的父母待他如親生孩子，從沒有把他當成川
柏的替代品，給予他關心和愛護，更滿足了他一切物質上
的缺乏與欲望。他們仍然懷念川柏，在飯桌上偶爾也會提及
「你哥哥以前……」之類的話題，但他並沒有為此感到隔閡
或不平，相反地，他其實很歡喜，川柏對他來說同樣重要，
他自然想多知道那些關於川柏的事。

不只川家夫婦，川柏的外公外婆、爺爺奶奶、叔叔阿姨等各
種親戚，待他也是親切和善的。

他想，或許正是因為川柏從小在這樣和諧的家庭氛圍下長
大，才能培養出那般溫暖純良的性子。

來生自然也為他開心，「那就好啦。」

她知曉當初為什麼川家夫婦會收養西河柳的來龍去脈，所以
說實話，她並不擔心他去了川家以後會受到什麼不公或冷
落，然而雖說不憂心，卻還是想聽他親口承認。

「那妳呢？」

「什麼？」

西河柳望向她那張略帶憮然的面容，壓下心底暗湧的情緒，

「這些年，妳過得好嗎？來生。」

來生一愣，從重逢到現在，這是他第一次問她這樣的問題。

可是她能說什麼呢？其實也沒有什麼好說的。

她過得單調又無趣，乏味得很。上了中學以後，成天只忙著讀書，唯一的慰藉是尚有六月雪陪伴自己，她們倆決定一起努力（順帶抱了下六月雪男神的大腿），最後一同保送上了這裡，更沒有給育幼院帶來任何負擔。除了免學費之外，她們還因為入學成績優異，拿到了學校定期給予的獎學金，有了這筆錢，在很多方面都讓她們不那麼束手束腳。

她甚至買了一支手機，甚至因為考上了這所學校，所以找著了西河柳。

「很好啊。」來生揚起笑，絲毫看不出任何勉強和苦澀，「歲歲，我過得很好。」

──特別好啊，你回來了。

「來生、西河！」

沒等西河柳開口，忽然聽見一聲喊，兩人頓時一愣，發覺聲音似乎是從樓下傳來的。

來生趴到欄杆邊，往底下一看，是剛剛不知道跑去哪兒的六月雪和凌霄。

她笑著招手當作回應。

六月雪高舉手中的鋁罐，喊道：「我們去福利社買了熱奶
茶，等等給你們帶回教室。」

來生和西河柳不過在二樓，在六月雪刻意地提高音量之下，
兩人仍然能夠聽見她說的話。

「好啊，等會兒！」

來生回身，蹦到西河柳身旁，喜上眉梢，連帶著語氣都輕快
了些，「歲歲，走吧，我們趕緊拿了卷子，回教室就可以喝
到奶茶了。」

這種天氣來杯熱飲最合適了，她凍得臉都要僵了，在外頭再
待下去，她恐怕會因為嘴唇跟著發抖，連話也講不清了。

她捏著少年的一角衣袖，走在前頭。

西河柳看著女孩垂落在背後的一截圍巾，隨著她的步伐微微
晃動。

來生總是喜歡這樣拉著他走，偶爾像此刻一樣是她走在前
頭，偶爾會是他。

他驀然想起方才來生說自己是一隻春天的熊——他知道她的腦
迴路連結上了村上春樹寫在《挪威的森林》裡的那一段話。

「再說一些美好的事。」
「我很喜歡妳喲，Midori。」
「有多喜歡？」
「像喜歡春天的熊一樣。」

「春天的熊?」綠又抬起臉來。「春天的熊怎麼樣?」

「妳在春天的原野裏一個人走著時,對面就有一隻像天鵝絨一樣眼睛又圓又大的可愛小熊走過來。然後對妳說:『妳好!小姐,要不要跟我一起在地上打滾哪?』於是妳就跟小熊抱在一起在苜蓿茂盛的山丘斜坡上打滾玩一整天。這樣不是很美好嗎?」

「非常美好。」

「這樣喜歡妳喲。」

來生回頭催促,「快呀,要上課了。」

西河柳大步跟上,超越來生,反手一扣,準確地抓住了她的手腕,輕笑道:「嗯,早點回去喝奶茶。」

「……哎?」

——像喜歡春天的熊一樣,這麼喜歡妳。

02

自從高二分組以後,來生覺得輕鬆許多,她高一的好姊妹去的是理組,分班後兩人也有持續聯絡,討論過文理組的差別,一對比之下,發覺文組的理科確實簡單多了。

筆尖無意識地點在課本上,專心沒多久便開始盯著黑板出

神，思緒神遊太空去了。

驀地，有人屈指在自己的桌面上敲了敲，來生驚得立馬抬頭，就見是凌霄站在自己身邊的走道上，手裡拿著課本，挑眉看她，「發什麼呆呢，不只我，老師也喊了妳上去答題。」

來生睜大眼，慌亂地翻著課本，「哪題啊？我剛才沒聽到。」

一隻手壓在上面，阻止了來生毫無秩序的舉動，凌霄撇了撇嘴，「直接上臺啊，題號旁都寫了各自的號碼。」

凌霄一上臺，拿了粉筆，「唰唰唰」地飛快寫完了，扭過頭看去，來生抱著課本，還沒寫出半點東西，臉上的焦急顯而易見，快要跳腳似的，凌霄看著莫名覺得有些好笑。

估計是方才分心沒聽到老師講題，所以不會了。

臺上擠滿了人，老師總是習慣一次性地出滿整個黑板的題，喊十多人一同上臺解題。

趁著人多混亂之際，凌霄來到來生旁邊，將自己的課本與她的交換，上頭與來生空白的頁面不同的是寫滿了解題步驟，湊到她的耳邊低聲道：「照著抄吧，看妳寫不出來，不知道還要在臺上待多久。」

來生感激地朝他一笑，少年唇角輕勾，漾出那種漫不經心的笑。

她忽然想起，第一次看見凌霄時，他也是這麼對自己笑的。

來生曾經認為，凌霄的性子就如同他的外表與舉止，任何事情都像是毫不在意似的，典型的刀子嘴豆腐心，可是認真一想，這些日子以來，她總在無意間，收受過無數次他給予的善意。

六月雪說，凌霄的家境寬裕、父母恩愛、氣氛美滿，他又是獨生子，親戚們都把他寵上天，從小在愛裡長大，儼然是標準的天之驕子——跟她們是完全不同世界的人。

是啊、所以，好羨慕他啊。

來生記得有那麼一次，去電腦教室上課，下課以後，大家一窩蜂地離開了教室，她是那堂課的小老師，落在最後負責關燈和鎖門，平時西河柳總會自主地等在外頭，所有人都散了只有他還在，彷彿是不言而喻的默契。然而那天，西河柳請了事假沒來，她照常留下來鎖門，走出教室以後才發現，昏暗的走廊裡除了自己之外，竟然還有一道人影。

「好了？」

聽著聲音，原來是凌霄。

凌霄不光坐著，就連站著時，都能像沒骨頭似的。此刻的他，倚靠著牆，一手拎著課本，一手插在褲袋裡，許是隨手從筆袋裡拿的兩支筆則置於胸前的口袋裡。

凌霄見來生穿好鞋以後，才站直身，眼底浮著一層薄光，語

氣溫淡：「走吧？」

又是那種漫不經心的笑。

來生哪裡還不明白，原來他什麼都知道。

*

下一節是體育課。

基本上是前半節課做完老師交代的練習之後，剩下的時間則是自由活動。

男生們大多都拿了籃球，集結幾個人便往球場去；女生們卻是零散得多，有的去走操場了，有的玩球去了，也有的直接坐在樹蔭底下聊天。

來生夥同六月雪一起去走操場，活絡下筋骨，不然成天都坐在教室裡，活動量少得可憐。操場中央的空地規劃成幾個球場，兩人繞著跑道走，場內的情形一覽無遺。

「我們班的男生好像要和別班的打球？」六月雪視力很好，一眼便看見了那群聚集在一塊的人，有部分是陌生的臉孔，立刻就辨認出不是自己班的。

「他們是要比賽嗎？」來生注意到班上其他人逐漸圍過去，似乎是想先占好位置觀賽，她們的視線也因此被擋住。

一聽見「比賽」這個詞，六月雪興致就上來了。「我們也去看看！」

場內。

兩班決定打五對五的全場，各自討論了一番後，西河柳及凌霄都要在這一局下場。

兩隊站到對立面，那班帶頭的男生在打量完面前的幾人以後，目光停佇在西河柳的身上——他耳朵戴著的助聽器。

那男生嗤笑一聲，挑釁似地站到西河柳的面前，「喲、你們班怎麼會派一個耳朵有問題的傢伙上場啊？確定聽得到我說話？選了個沒有用的，瞧不起我們班是嗎？」

西河柳面無表情，仿若真的沒有聽見他說話似的。

這種人他已經很久沒有遇過，除了小時候在育幼院會被欺負之外，長大以後這種情況已經很少碰見了，他接觸到的大多都是友善之人，無論是他就讀的第一間中學還是轉學去的第二所。

這是他上了高中以後，第一次碰見這種毫不避諱朝他端著醜陋面孔、滿是惡意的人。他曾經以為遇到這種事情已經能夠笑而過，然而怎麼可能無動於衷，對方就是故意直往自己的痛處戳，一副不見血便不罷休的姿態。

很厭煩、很暴躁，卻也很⋯⋯自卑。

早已擠進包圍圈裡的來生自然也聽見了那席話。

她握緊拳頭，指尖陷進掌心的肉裡，心裡飆過一串髒話，不

停地深呼吸，克制著不要像上次那樣失控——失控到沒了理智，甚至想殺人。從她這個角度看不清西河柳的表情，但她知道他肯定不好受，要換作是她自己，哪裡還忍得了。

那男生說得難聽，根本沒有注意到場上的安靜，與西河柳等人同班的同學面色皆難看無比。相處了一段時日，他們都知曉西河柳的性子，看著不食人間煙火、不好親近，但實則卻是溫和有禮、特別好相處的一個人，這些美好的特質沒有因為他有些小缺憾而被埋沒，他們都看得見，也切身體會過。

所以，憑什麼呢？憑什麼這麼好的人要受到這種來得無緣由、莫名其妙的委屈？

來生正要踏出去之際，就有一個人搶先了。

凌霄將手中的籃球往那男生的方向砸，沒直接砸在他身上，而是砸在了地上，發出一聲巨響，愣是把那男生嚇得跳開了幾步。

還沒等那男生罵出口，凌霄幾個跨步來到他面前，揪住他的衣領，聲音冷得如同含了冰渣子似的，「你他媽說夠了嗎？」

「一直在那裡瞎扯淡，本來不想跟你廢話太多，但你這種嘴賤的傢伙，老子看了實在不爽。」凌霄像扔垃圾一樣，一把將那男生摔在地上，在他面前蹲下身，緊力掐著他的臉頰，「不會好好說話，乾脆把嘴巴捐出來如何？挺自以為是的

啊，我們的人，輪得到你說話嗎？」

那男生的臉色難看得很，用眼神示意身旁的夥伴們將凌霄拉開，卻沒有一個人敢上前半步。

凌霄用舌尖抵了抵後槽牙，「跟他有誠意地道歉，這事就這麼算了，不然……你知道的。」說到這裡，凌霄仍不忘回頭朝西河柳問道：「這樣可以嗎？西河。」

西河柳默然地看著眼前的一切，方才事情發生得過於突然，他沒想到凌霄竟然會幫自己出頭。

明明是件吃力不討好的事情。

小時候被欺負時，他只會隱忍，曾經同川柏隱晦地提起過，川柏也笑得難看，說自己也曾經被欺負過，可是沒有辦法，那些人說的都是事實啊。

和自己有相同境遇的川柏是這樣忍過來的，而他也是，他們沒有任何區別。

那點抵抗的心思在看見川柏臉上的難堪與晦暗時，也無聲無息地消弭了。

更不用說來生了，她從來沒見過他被欺負的樣子，如何告訴他其實可以如她那樣反抗。

然而現在，卻有這麼一個人，壓著那個欺負他的人的頭，強硬地要求對方向自己道歉。

「我道歉了，這樣行了嗎？」那男生大聲嚷嚷，語氣很衝。

那男生從頭到尾都沒覺得自己哪裡有錯，被迫壓著身向自己方才嘲笑的對象鞠躬道歉簡直丟人，他又是硬骨頭，心情哪裡還能好得起來，這般低聲下氣已經是他的極限了。

「西河，你接受他的道歉嗎？」凌霄壓根兒沒理會那男生，目光轉向西河柳問道。

西河柳眸仁深黝，眼底是一片死寂。

「不接受，也不原諒。」他平靜地與那男生對視片刻，很輕地笑了一聲，「但算了。」

是的，那些欺負過他的人，他從來沒有原諒過，更不想原諒。

但算了。算了。

03

高二的課程裡需要服務時數，這種不外乎是去做義工，地點是由學校挑選及交涉的，以班為單位，進行抽籤，由班導師及另外兩名學校派出的老師一同帶領學生前往。

春末之際，來生等人準備前往鄰市，服務時數加上車程來回的時間大約需要一週左右。

出發當日，眾人背著大包小包趕往學校集合，遊覽車已經等在校門口了。

這天出發的不只他們班,還有其他兩個班。

六月雪去和另外兩班認識的人打聽回來,在車上與好友們分享自己得來的消息。

「三班和十二班他們一個去的是養老院,另一個是育幼院。」

聽見「育幼院」這個詞,來生和西河柳皆是一愣,隔著走道互看了一眼。

自從寒假結束回來學校,來生就沒有再回去過育幼院了,算起來也快要三個月了。六月雪這期間倒是回去過一次,順便把冬天穿的厚重衣物帶回去一些。

來生想,自己也是該找時間回去一趟了。

放好行囊,確認了人數沒有問題以後,便啟程了。

上了高速公路沒多久,來生就看見六月雪從包裡拿出一包洋芋片,熟練地撕開包裝袋的一角,「來生,妳要嗎?」

來生搖頭,就見六月雪的手越過自己的面前,開口朝向走道的另一側,發出同樣的疑問。

她們的另一側是西河柳和凌霄。

凌霄坐在靠窗邊,聽見六月雪的話以後,沒拒絕她的好意,伸手拿了幾片,「謝啦。」

西河柳笑笑地婉拒了,早上他一向沒有什麼胃口。

來生覺得眼前的一切莫名熟悉。

就好像，西河柳在育幼院過的最後一個新年，育幼院辦的那場郊遊。當時西河柳不是坐在她旁邊，他旁邊坐的也不是凌霄，然而她的旁邊卻依然是六月雪，問的同樣是那句：「來生，妳要嗎？」

這是她們不知道一起過的第幾年了，確實，西河柳離開以後，她就只剩下六月雪了。

六月雪察覺到來生盯著自己的目光，以為她是改變主意了，於是又將洋芋片遞到她的面前，「是不是想吃啦？我跟妳說，這個新口味真的很好吃，妳一定要吃吃看。」

來生眨了眨眼，伸進包裝袋裡拿了一片放進嘴裡。

「怎麼樣？是不是很好吃？我覺得這個口味比……」

還沒等六月雪說完，來生便點了點頭，輕聲道：「好吃，很好吃。」

這麼多年以來，她也不是沒有認識過其他人，只是在來來往往之間，留下的沒有幾個。

要真算起來，六月雪陪伴自己的時間甚至比西河柳還久。

——謝謝妳啊，我的好朋友。

*

當初聽班導師說是偏遠山區的小學，大多數人皆沒有放在心

上，想著偏遠山區還能偏遠到哪裡？直至到達目的地以後，每個人幾乎是毫無心理準備地被震撼到了。

他們要服務的小學位於半山腰，裡頭的學生不到百人，都是住在附近居民的孩子。他們上了山就收不太到訊號了，沿途也沒見到過任何一間便利商店，著實荒涼得很。

這所小學前些年發生了一次地震坍塌過，慶幸當時是發生在晚上，將傷亡減到了最低，然而同時因為資源匱乏，重建後卻是更不如以往了。這裡由於地域偏僻，生活不便，學生不多，願意留下來的師資更是少之又少，偶爾也會有來短期義教的，但終歸不是長久之計，因此一度差點倒閉。

這裡的民風純樸，多為純良友善之人，居民間皆熟識，儘管如此，班導師仍然對學生們耳提面命，必須注意安全，沒事盡量別走出學校的範圍，這裡再怎麼樣都是大家不熟悉的地方，又沒信號，不好聯絡到人，交代每個人無論去哪裡都要結伴而行，絕對不要落單。

這幾天晚上要住的是山腳下一間距離市區非常近，走路甚至不用十分鐘的民宿，讓眾人少了些許不適應感。然而距離山上的學校有大約二十分鐘左右的車程，就是苦了需要每天早晚來回。

第一天沒有安排什麼行程，帶著學生們參觀了一下要服務的小學以後，便讓所有人回到民宿休息了。

剛開始，大家絲毫不減熱情，覺得這裡的一切都很新鮮，好些人在晚飯過後仍精神十足地說要去市區裡逛一逛。

來生等人也一道跟著去了。

一群人浩浩蕩蕩地遵從著導航的指示左拐右彎地走，很快地，首先映入眼簾的是一條燈火通明的商店街，哪怕今天是平日也熙熙攘攘，熱鬧極了。

大家約定好了個時間原地集合以後，便各自散開逛去了。

說是商店街，其實更像是商圈，一條長得不見盡頭的主要大道邊上是各式各樣的商店，櫥窗精緻，中間則是五花八門的攤販，更不用說除了這條大道外還有多少條分支。他們聽民宿老闆說，這裡是著名的觀光景點，每日湧進的遊客無以計數。

六月雪看見一整排的美妝及服飾店眼睛都直了，拉著來生的手直奔她鎖定的第一個目的地，「啊啊啊！我的天！這裡竟然還有我找了好久都沒找到的品牌專賣店。」

與來生相反，六月雪是標準的享樂主義，不大懂得存錢的觀念，這學期學校給予的獎學金到了這時候基本上都被她花光了。

來生其實挺能理解六月雪的，畢竟這個年紀的女孩愛美，她自己當然也不例外。但她從小窮慣了，習慣克制，把錢花在

太多不必要的事物上她甚至會有罪惡感，每每經過這些店家連看都不敢看一眼，怕生起任何欲望。

可是六月雪不同，她的原生家庭條件極好，吃穿用度更不例外，是被當成小公主一樣養大的。只是父母雙亡後，沒有任何一個親戚肯收養她，彷彿害怕她成為累贅，於是決定將她送往育幼院。從小養成的觀念和習慣也不是一時半刻就能改掉的，當初年紀小還只能依附著育幼院時，六月雪可難受了，直至後來有了自己「賺」來的零用錢，她便在有限的額度裡重拾本性、放飛自我了。

來生驀然想起六月雪提起凌霄的家庭背景時那欣羨的眼神。

誰不羨慕呢，誰能想到會物是人非呢。

可是，又有誰能選擇。

西河柳與凌霄被遺忘在後頭，兩人對視一眼，無奈地跟了上去。

美妝店裡幾乎全是女性，年紀小的有如六月雪及來生這般的學生，年紀大的也有上班族等輕熟女，只有少數是陪著來的男伴或丈夫。

兩個男生停在店門口外，面面相覷。片刻後，還是西河柳先動的腳步，「走吧。」

店裡頭的六月雪眼尖，發現了兩人，朝他們招手示意。

「你們來得正好，幫我看看哪個顏色好呀？」六月雪手裡拿

著兩支不同色號的口紅，有些苦惱。

「……」凌霄把那兩管口紅瞪穿了都看不出有什麼區別，但又沒好意思直說，最後只乾巴巴地問出一句：「妳為什麼需要口紅啊？在學校又不能化妝。」

「在學校外可以啊！」六月雪說得理直氣壯。

聽起來還真是有道理。凌霄啞口無言。

六月雪見兩人一臉懵然的模樣，知道在他們這裡得不到什麼實質性的建議，擺了擺手，「哎、行吧，就知道問你們也沒有什麼用，我還是問來生去。」

……

等六月雪結完帳離開以後，四人又一同逛了好些店鋪，就連凌霄都買了雙鞋。

這一圈走下來，只有西河柳和來生兩手空空。

「歲歲，你沒有想買的東西嗎？」來生有些詫異，「我剛剛看到你也有在試一雙鞋，不喜歡嗎？我以為你會買呢。」

「那個啊，後來想想還是決定不要了。」西河柳偏過頭，垂下眼瞼，眼神聚焦在身高只堪堪及自己下巴左右的女孩，反問道：「妳不是也沒有買嗎？沒有看到喜歡的東西？」

來生沒有看他，只注意著前方的路況，隨口一答：「再怎麼喜歡也不能亂花錢吶。」

西河柳一頓，就見女孩突然跑開，同六月雪與凌霄會合在前

頭不遠處，一間賣烤串的攤販前，似乎正在討論著要不要買來嘗嘗。

西河柳不由莞爾，準備抬步跟上之時，卻被一旁賣女式飾品的攤販吸引住目光——應該說是被一條手鍊吸引了。

腳尖一旋，轉而停在了攤販前，指著他一眼看中的那條手鍊問老闆娘多少錢。

「這款是純銀的，彎月的造型設計得很好看吧，剛好是這款的最後一條了，就算你一千吧。」老闆娘見來的是個俊俏少年，笑吟吟地打趣道：「是不是送給女朋友的啊？」

西河柳只是笑，沒有多作解釋，「那我要了，麻煩幫我包起來吧，謝謝。」

04

第二天一大早，所有學生乘著遊覽車上山，幹勁滿滿地開啟了與往常不人相同的一大。

老師們也早就安排好了每個人負責的工作，各司其職，一切都還算順利。

然而前幾天的新鮮感過了以後，大家的精神氣都如同被什麼邪靈吸走一般，個個皆委靡不振。畢竟大多數都是城市裡長大的孩子，哪裡吃過這樣的苦，不說學校周圍荒煙蔓草似

的，就連在這裡上廁所都有諸多不便，處處顯露著這裡的窘
迫與落後。

「我這幾天從窗戶望出去，什麼也沒有，一片荒涼，好無聊
啊。」六月雪托著腮，咳聲嘆氣地發著牢騷：「這比我們育
幼院還偏僻好多。」

「知足了吧，至少妳該慶幸育幼院不是在山上。」來生頭也
沒抬地收拾著講桌，催促道：「好啦，別抱怨了，抓緊時
間，快五點了。」

五點半就要集合回民宿了，得在之前把今天的任務做完才行。

六月雪盯著窗外的天空，烏雲密布，陰沉沉的，空氣裡還有
股潮濕的味道。

「是不是要……下雨了啊？」

果然，隔沒多久以後，便印證了六月雪的想法。

從毛毛細雨到傾盆大雨彷彿只是眨眼之間的事，暴雨來得又
急又突然，伴隨著雷聲不停地轟隆作響，膽子小一點的都抱
團成群，也有不少正好不在室內的人在猝不及防間被淋成了
落湯雞，狼狽不已。

「來生——」六月雪回身尋找好友，卻連她的半點蹤影都沒
見著，「來生？」

哎、跑去哪兒了啊？外頭可下著大雨呢。真不讓人省心。

那個不知道跑去哪裡的來生此時已經尋到了西河柳所在的教室。

西河柳見女孩頂著一身濕氣，驚詫地問道：「來生，妳怎麼跑到這裡來了？」

疾步來到她的面前，用衣袖稍微擦去她髮上的水珠，這才注意到她面色蒼白，眼裡毫無光采，全身抖得不像話，注意到外頭的天氣尚無好轉之意，有些明白了來生的不對勁。

是了，來生怕打雷。這是他還沒離開育幼院之前，無意間得知的事。

當時的景況是這樣的。

那天只剩下他們倆還待在圖書室裡，正準備離開之時，卻被突如其來的一場大雨給勸退了，於是他們躲回屋簷底下，希冀雨能早點停歇。然而事從不如人願，雨愈下愈大，在地面上匯集成無數條溪流，填滿了那些凹凸不平的小坑洞。

無論如何，要回去房間必須穿越這片大空地，宿舍樓是沒有和其他建築物相連通的。

西河柳見雨勢滂沱，毫無減緩之意，思索片刻後提議道：「要不我們去借把傘吧，看起來雨不會那麼快停。」

來生點頭附和，正準備跟上卻被突如其來的雷聲嚇得僵在了原地。

她顫著聲音開口：「……歲歲。」

「嗯？」少年回頭，與她滿是恐慌的目光對上，見來生這副模樣，很快地猜到了點苗頭，遲疑地問道：「是怕……打雷嗎？」

來生倔著，沒正面回答，只是在西河柳朝自己走近之際拉住了他的衣角，「能不能走慢點。」

要承認自己有點腿軟，太丟人了。

卻沒想到西河柳什麼也沒有問，直接伸手替她摀住了雙耳，隔絕了外界大半的聲響，讓她緊繃的全身不由自主地放鬆了些。

不知道究竟過了多久，陰雲散去，天空終於放晴，來生察覺到少年的手從自己的耳朵上移開了，「如果下次再遇到打雷的話，那就記得把自己的耳朵摀住。」

……

這麼些年來，來生沒記得要把自己的耳朵摀住，就只記得遇上打雷時，要找西河柳。

西河柳低頭，對上那雙烏黑剔透、滿是信任的眼，心裡泛起一絲酸澀。

那些他不在的日子裡，她是不是自己躲在被窩裡，等待雷聲過去的？

此刻的來生毫不掩飾地把自己的脆弱展示在自己面前——與那個拿刀擋在自己面前的女孩分明是同個人。

於是如今，西河柳又再一次地替她摀住了雙耳。「別怕，我在。」

世界安靜下來。熟悉的氣息籠罩，像是替自己構築了另一片天空，來生徹底安心下來。

可是很奇怪，冷靜過後，卻又沒來由地升起了想哭的衝動。

早就超過五點半的集合時間了。

班裡除了來生與西河柳之外，其餘學生都已經等在校門口了。

遊覽車還沒有來之前，凌霄首先發現了兩人的缺席，舉手道：「老師，還有兩個人還沒到，我去找他們吧。」

趁著現在雨勢減弱，凌霄撐著把傘回到了學校裡尋人。

而另一邊，來生和西河柳自然也察覺到天氣的轉好，眼看時間晚了，想著大家可能已經集合好了，便趕忙收拾起東西，擔憂耽誤到其他人。

兩人正準備踏出教室，這時，卻一陣天搖地動，幅度劇烈得幾乎讓人站不住腳。

西河柳反應迅速地拉著來生躲到了課桌底下，大聲囑咐道：「護住自己的頭！」

來生一手護著自己的頭部，一手緊緊捉住桌腳，哪怕桌子隨著地震移動的時候，讓自己也能隨著移動，不至於失去防護的工具。

來生感覺有很多東西不停地摔落在地，整個空間都搖搖欲墜似的。課桌椅終歸是小學生使用的，對於他們來說還是太小了，她只能盡量地將自己塞進桌底下那狹窄的空間裡。她不小心露在外的腿還不知道被什麼東西砸到了，疼得她忍不住悶哼一聲，更不用說這對於西河柳來講有多為難，畢竟他的身量比自己要高大得多。但如今這種緊急情況，也沒有什麼可挑剔的了。

終於等到第一波的地震過去，稍等片刻，西河柳才爬起身，扶起來生，「有傷著哪裡嗎？」
來生嘗試動看看方才被砸傷的右腿，卻發現絲毫使不上力，但她面上仍不顯痛意或任何多餘的情緒，而是朝西河柳笑道：「我躲得很好，當然沒事了，你呢？」
少年搖頭。

教室裡一片狼藉，被這場地震毀得面目全非，慘不忍睹。
「我們快走吧，要是等等還有餘震就糟糕了。」
西河柳拉著來生就要往教室外跑，來生一跨步便跌倒在地，她借著西河柳的力，從地上撐起身，面對少年關心的詢問，只是雲淡風輕地用一句沒站穩搪塞過去。
來生這才猛然發現，手腕上那條西河柳送的手鍊不見了。
「歲歲，怎、怎麼辦，手鍊……不見了。」她的聲音聽著像

要哭了。

西河柳一愣，反應過來她說的是什麼東西以後，溫聲安慰道：「沒事的，我以後再送妳一條，我們先出去吧。」

「可是……」

「走吧。」

來生抬頭往上看，她心裡有些不安，她感覺這間教室就要撐不住了，但是手鍊……

她咬牙，「好。」

就在兩人終於離開教室，且西河柳半個身子都已經踏出這棟建築物之時，餘震來了，威力絲毫不比主震要來得小。

這回，來生的反應卻比西河柳快上許多，使勁將西河柳往外推。

來生知道，到了空曠的地方，就相對安全許多。

她的腿受傷了，根本走不了，要不是方才西河柳半拖半拉地帶著她跑，她可能連教室都出不來。如今地震又來一次，她早就拖了西河柳的後腿，至少……至少不要讓他受傷了。

西河柳被來生猛地往前一推，踉蹌幾步，剛穩住身子，回過頭，卻見整座建築物轟然坍塌。

他渾身的血液都涼了。

等淩霄尋到人的時候，不免為眼前的景象感到震驚。

方才地震時，他也在學校裡，但他躲的那棟建築尚新，並沒有受到多大的破壞。

可是他現在看到了什麼？他從沒有見那個清雋如斯的少年這麼狼狽過。

不對，為什麼只有西河？來生呢？

「……西河？」

那個背對著自己的人影不停地在一堆建築物的瓦礫殘骸裡翻找著什麼，身上的衣服早已髒得看不出原樣。

凌霄來到西河柳的身邊，猛然對上後者那猩紅的眼乍一愣，反應過來後仍不忘試圖阻止他毫無意識般的瘋狂舉動，朝他喊道：「西河，停下啊！停下！你到底在做什麼？」

西河柳緩慢地將目光定焦在來人身上，抖著嘴唇說道：「……來生、來生，在底下。」

他的來生、他的女孩，在這一片廢墟的底下。

Chapter 7

餘溫

00

妳會遇見一個像我這般待妳好的人，希望更好。
他會生長在陽光下，明媚而熱烈，不像我這般。

01

不只凌霄，就連來生也沒有見過這麼失控的西河柳。
神識捆綁在西河柳身上的來生透過少年的視角看著眼前的一切。她無力去改變這些已經發生過的事情，她來到這裡，更像是一個旁觀者，把那些光景又重複一遍，無論好的壞的。
當年的她生死不明地被壓在那些殘骸碎石底下，哪裡又能得知，西河柳被她推出去的後續會是這般發展。見他徒手刨著那些瓦礫，任由雙手布滿傷痕、鮮血淋漓，彷彿感覺不到痛一樣，機械般做著同樣的動作。她甚至能感受到撲面而來的絕望和無助，讓她幾乎喘不過氣。

然後凌霄來了，西河柳終於停下在旁人看來可能根本毫無意義的行為。在聽見他顫抖著聲線說出一句話後，凌霄的臉色也唰地一下變得慘白，倒是沒有如同西河柳那般失態，鎮定得很快，丟下一句「我去找老帥」便跑走了。

接下來與來生所想的相差無幾，她被救出來時尚存一口氣，被救援隊送到最近的醫院，等情況徹底穩定下來以後才轉到學校附近的醫院。

兜兜轉轉之間已經過了數月，直到來生完全康復時，暑假已經過半，反而不著急回學校了，尚有時間補救落後他人的課業。

「來生。」

是西河柳。來生馬上就認出了來人的聲音，她回頭，果然就見少年停佇在自己的身後，身長鶴立，如若不是他方才出了聲，來生都要以為他與自己之間隔著雲端似的。

「外面風大，進來吧。」

來生靜默了半晌，小幅度地仰起頭，用餘光瞥了眼高掛天空的烈日，「……好。」

她沒說她站在陰影處感受到的只有悶熱無風，而是選擇順從地跟著西河柳回到室內。

自從她發生意外之後，她發覺西河柳對於她的態度有些不同……將她當作精美名貴的瓷器似地保護起來，小心翼翼到哪怕她再遲鈍也能察覺出異樣。不光是她，就連六月雪和凌霄都看出來了，可見西河柳表現得有多明顯。

來生其實明白西河柳為什麼會有這麼大的反應，換作是她可

能只會更甚。

他很不安。他看她的每個眼神都在傳達這個訊息。

西河柳是那種，一旦認定的事情不是被勸說就會收斂的性格，他會笑笑地接受，卻不會有任何改變，他在某些方面的固執來生早早便體會過。既然勸說沒用，那就只能順著他的心意了，身體力行地去滿足少年的安全感。

來生不想為了這個引發爭執，也沒有任何必要，畢竟這場意外裡沒有誰好過，她看著這樣的西河柳只覺得心疼——偏偏罪魁禍首是她自己。

出院以後，來生便回到育幼院繼續休養。這期間，除了六月雪陪著她以外，西河柳與凌霄也時常來探望她，順道幫她補一補落後許多的課程進度。

回到室內，西河柳倏地問道：「妳寫完試題了嗎？」

「當然寫完啦。」來生自滿地笑，又轉而擺出可憐兮兮的表情，「所以我們能不能出去走走呀，整個早上都待在這裡，都快發霉了。」

西河柳頷首，答應了。「那走吧，出去繞一繞。」

他已經很久沒有回來育幼院了，若不是這陣子要來找來生，他可能也沒有什麼機會再踏入這裡，挺懷念的。相較他離開那會兒，從外觀上看來，育幼院其實沒有什麼大大的變化，

宿舍樓裡住進了新的人，當然也離開了一些人──例如他。

「歲歲，你知道嗎，這棵樹本來說要被砍掉了，但是不知道後來院長媽媽他們是怎麼討論的，最後還是把它留了下來。」

「然後你還記得之前後院那裡的倉庫嗎，就是我被鎖在裡面的那一間。」來生說到這裡摸了摸鼻子，說起往事顯得有些羞赧，「在你離開沒多久以後就重建了，變得明亮寬敞多了，至少門鎖在短時間內不會再壞了。」

「還有我們以前最常待的圖書室，聽說現在增添了好多新書呢，可惜上高中以後不怎麼常回來，都沒有什麼時間好好去看一下。」

⋯⋯

西河柳聽著來生在自己的耳邊絮絮叨叨，訴說著這些年來，育幼院發生的各種大小事，包括他沒注意到的，統統被她繪聲繪影地描述出來，讓他恍然生出了一種自己從沒離開過的錯覺，胸口只餘一片溫熱。

少年的目光始終沒離開過來生，女孩的雙頰不知道是被曬熱了還是說得太盡興，紅撲撲的，像顆成熟的蘋果。

在育幼院裡，他有過最不堪回首的記憶，同樣有過最難以忘懷的時光。

有數不清的瞬間想扔棄，亦有數不清的瞬間想銘記。

他曾在夏天離開，也在夏天回來。

*

待樹葉從泛黃至雪白，微風不燥到冷風侵體，漫長的冬天已
經悄然而至。

平淡的歲月流轉於枯燥而乏味的試卷和習題以及夜以繼日的
拚搏之間，偶爾的打打鬧鬧是生活裡為數不多的慰藉，甜美
的花火點綴了這窒悶而慘淡的青春期。

比如此刻──

「凌霄，你是不是沒還我筆啊？」

「啊、沒有嗎？我分明記得我還了。」

六月雪直接將自己的筆袋翻給凌霄看，「你看，沒有。」

「怎麼可能……」凌霄一邊嘀咕著，一邊伸手翻看自己的
筆袋。

他將筆袋都翻遍了也沒見著同六月雪借的那枝筆，「可是我
也沒有啊。」

沒等六月雪發愁，坐在她左側的男生主動自首了，「……在
我這裡。」他面帶歉意地將筆還給了六月雪，「不好意思
啊，我忘記還妳了。」

「你什麼時候跟我借的？」六月雪一臉懵然，像是完全缺失
了這部分的記憶似的。

「昨天下午。」

這時，凌霄跳出來喊冤，斜睨她一眼，「是吧，我就說我早還妳了。」

來生坐在另一側看著幾人無厘頭的互動，嘴角邊笑出一對漩渦。

她挺幸運身邊的人都這麼有趣，若是沒有他們，那高三著實太難熬了。

她從書包裡拿出耳機，下節課是自習，她習慣聽音樂讀書，若是沒有點聲音她很容易恍神以致睡著。然而她才剛聽不到一首歌的時間，桌面上就被敲了一下。

她抬頭，只見方才還在與六月雪他們說話的凌霄不知道什麼時候來到了自己的位置旁。

來生不解，摘下一邊的耳機，問道：「怎麼了？」

「沒什麼，看妳一個人挺無聊的，來陪妳說說話。」凌霄的身子往後仰，雙手撐在後方的桌面上，餘光注意到她手機螢幕上顯示正在播放的音樂清單，「原來妳也聽這個歌手的歌啊。」

來生沒想到他竟然會留意到這個細節，詫異之餘仍不忘點頭，展顏笑道：「我很喜歡這個歌手，他唱的歌都太有韻味了。」

說起自己喜歡的歌手她便來了勁，尤其是在和凌霄熟悉起來以後，她在他面前倒不會顯得像初識那般拘謹、不自在了。

凌霄這個人吧，雖然看起來隨性、不羈，什麼事都毫不在意似的，但相反地，他其實是個很好的傾聽者。

「你有看過他出道的那檔節目嗎？當時其實所有的參賽者裡面我比較喜歡的是另一個，沒想到輪到他唱的時候我就被他圈粉了……」

凌霄聽著來生從一句話延伸出更多內容，嘴角邊上仍掛著笑。他也是在後來才發現，來生原來還有個隱藏的話癆屬性——在面對熟識的人或是她感興趣的話題時。

挺有趣的。

等來生終於講到一個段落，凌霄才接話：「他最近好像出了新歌，妳聽過了嗎？」

「當然有啊，我找找。」語畢，來生滑動螢幕，在自己的音樂庫裡找到了那首歌，「就是這首！我覺得跟他以往的曲風滿不一樣的，但一樣很好聽。」

凌霄說到底也只是欣賞這個歌手，並不像來生這般會時時關注著，他的最新資訊也只更新到那個歌手出了一首新歌。

「我倒還沒聽過。」

來生想也沒想地就將早先摘下的一支耳機遞給他，「要聽嗎？」

凌霄站直身後又前傾，伸手去拿耳機，大方地接受了來生的好意。

當西河柳抱著剛裝滿的水壺踏入教室，就見自己座位前這幅歲月靜好的美好光景：來生與凌霄兩人分享著同一條耳機線，不知道在聽什麼歌、說什麼話，整體氛圍和諧又愉快。

他不由自主地抬手，摸上自己戴著的助聽器，隨即自嘲地笑了笑，掩去某一瞬間差點暴露的黯然與傷心。

02

來生在拍畢業照之前剪了頭髮。

這是她長這麼大以來第一次把頭髮剪成齊肩的蓬鬆短髮，髮尾微鬈，再搭配上旁分瀏海，這款髮型不只臉顯小還減齡，讓來生整個人顯得俏麗活潑許多。

「來生，妳好適合短髮呀！」六月雪發出驚嘆聲。

昨天放學來生和她說要去剪頭髮，她不以為意，想說大抵又是一如往常，來生剪的髮型幾乎千篇一律、毫無新意，永遠的黑長直，卻沒想到這一次來生會突然改變造型。

「明天到班上很多人看到一定會嚇一跳。」

作為第一目擊者和來生多年的好友，六月雪說得信誓旦旦，唯有當事人不知所以然。

果然，隔日到班上後，來生一個早上便收穫了各式各樣對於
她新髮型的驚豔目光。

說實話，剛剪完她自己都不習慣，很彆扭，畢竟一下子剪去
那麼多，但聽見許多同學真心實意的讚美，她也愈看自己的
短髮愈順眼，而且不得不承認，確實清爽許多。

不只六月雪，就連凌霄與西河柳都表示更喜歡她現在這個
造型。

上課途中，來生收到從後座傳來的一張紙條，趁著老師沒注
意，她悄悄地回頭看了眼坐在自己後面的西河柳，眼裡的詫
異毫不掩飾，卻見少年朝她笑了笑，示意她打開來看。

來生從沒有料到西河柳也會做「上課傳紙條」這種事，就她
這些日子坐他前座的感想，他就是那種上課時絕對保持高度
專注，完全不受外界影響的好學生。她偶爾沒跟上老師的速
度，轉過頭想看他的筆記，筆記看是讓她看了，但從頭到尾
他都不會分出多餘的眼神給她。

來生打開紙條，是熟悉的字體──「妳的髮圈還在我這
裡。」

突然被提醒，來生才記起還有這麼一回事。

有次她穿了一雙新鞋，殊不知磨腳磨得厲害，她穿的又是隱
形襪，腳後跟毫無保護，破皮的同時隱隱滲著血，疼得她

走路姿勢難免稍顯怪異，她一聲不吭，卻還是被西河柳發現了。少年沒說話，只是看她的目光裡飽含淺淡的責備與無奈，最後他嘆了口氣，讓她留在原地休息，而他在夏日蟬鳴中頂著酷熱的天氣，走了好幾條街為她買藥和OK繃。

來生聽話地坐在街邊的長椅上等待，小心翼翼地將鞋子脫掉，從包裡翻出手帕及水壺，熟練地替自己清理起傷口。

小時候身上多的是被母親施加的傷害，家裡備著的醫藥箱向來只有她在用。沒錢上醫院時，最初是哥哥會替她上藥，哪怕不再與哥哥親近之後也能自己來，對於小外傷的處理她早已得心應手，但畢竟沒有經過專業的治療，她身上無可避免地留了許多疤。不知道該不該慶幸母親下手的部位多是在看不見的地方，若非如此，她可能直到現在都不敢穿任何會裸露肌膚的衣服。

沒過多久西河柳回來了，在她面前蹲下身，輕輕地替她擦藥並貼上OK繃。

來生在恍惚之間想起了幾年前育幼院集體出遊的那次，她也是如他此刻這般，蹲在少年身前，替他處理傷口——那好像已經是很久遠的記憶了。

西河柳不管做什麼事情都很認真，就連現在幫她塗個藥、貼個OK繃而已，都彷彿是在做什麼很神聖的事一樣。

來生直盯著他瞧，也不由得承認，哪怕是從上而下的角度，
西河柳依然好看得不行。

來生的視線最後停在西河柳光裸的手腕上，上頭空無一物。
然而來生分明記得，小時候他的手腕上總是掛著一兩條橡皮
筋，無聊時就拆下來自個兒玩，花樣可多著呢，他還拿這玩
意兒哄過那個叫諾諾的小女孩。

好像一直以來都是如此，他的溫柔是骨子裡的，那份血淋淋
的體貼，全都體現在他的舉手投足之間。

「歲歲，你是不是，不會紮辮子啊。」來生忽然問道。

西河柳手上的動作一頓，緩慢地抬頭，與那雙清亮的眼對
上，雖然不明白為什麼來生會突然這麼問，他仍照實回答：
「嗯，不會。」

畢竟他自己不需要綁頭髮，替他人綁馬尾還好，更難的就不
會了。

「有一次我看見你在安慰一個小女孩，人家本來紮的是辮
子，你硬生生給她換成了馬尾。」來生說著說著就笑了。

西河柳也想起來了，沒回應，只是跟著笑。

OK繃老早就貼好了，少年卻依然蹲在她的面前。來生注意到
了，於是朝他伸出自己的手，想將他從地上拉起來，「謝謝
啊，趕緊站起來吧，蹲太久腿會麻的。」

西河柳的眼神聚焦在他面前細白纖瘦的手，手腕上掛著她隨

身攜帶的黑色髮圈，很普通、一包裡賣十條的那種便宜貨，
丟了也不會心疼。

他驀然開口：「妳教我吧。」

「啊？」

「教我綁辮子。」

……

最後西河柳究竟有沒有學會，來生不得而知，那天她除了貢
獻了自己的長髮和手藝之外，還貢獻了她的髮圈。

回過神，來生還沒想要怎麼回覆，又收到了一張紙條。

「妳的短髮很好看。」

「只是有點可惜，我好不容易學會怎麼紮辮子，妳卻已經把
頭髮剪短了。」

明明是冬天，來生卻感覺有些燥熱，偷偷地把窗開了一個
小縫。

*

課間，來生和六月雪從廁所出來，剛拐過彎，走在前頭的來
生猛地緊急煞車。

六月雪及時停住腳步，驚魂未定地摀住自己的臉，「來生，妳怎麼突然停下了。」

她差點撞到來生的背。

來生盯著不遠處的景況，語氣存疑：「……凌霄，那是、是被告白了？」

「哎？」六月雪從來生背後探出頭，看清發生了什麼事以後，習以為常地點了點頭，「事實就是妳想的那樣。」

高一的時候這種情況多著呢，相較以往，現在確實少了很多。她已然見怪不怪。

「那我們現在過去會不會打擾到他們？」

「不會吧，哪有什麼關係。」六月雪倒是沒有這層顧慮，她挽住來生的手，「走呀，放心吧。」

凌霄是背對著她們的，尤其這時還是下課時間，走廊上人來人往，各式聲音紛雜，完全沒有注意到身後的動靜。

兩人回到教室以後，來生都尚未緩過來，莫名有種撞破他人秘密的心虛感。她早就知道凌霄是那種特別受歡迎的類型，但與他同班一年多以來，她卻從來沒有當面看過他被告白，或者說，她很少碰到這種場面。

唯獨一次是不久前西河柳被一個二年級的學妹告白。

來生現在想起來只覺得當時特別尷尬。

那時候是晚自習，她和西河柳山去裝水，準備回教室的路上

被一個女生攔住了。

走廊在傍晚時便開了燈，那個女孩臉頰上的紅暈一覽無遺，她支支吾吾地說道：「學長……那個、嗯……我有話想對你說。」

來生直覺自己的存在有些突兀了，她緩緩退了一步，正想丟下一句「那我就先走了，你們慢慢聊」時卻被迫頓住了。她垂首看了眼拉住自己的那隻手，又抬頭盯住少年的後腦勺。

西河柳小幅度地晃了晃兩人交握的手，帶了些許安撫的意味，來生不動了。

「就在這裡說吧。」少年的聲音依舊溫潤乾淨。

那個女生深呼吸了下，臉上抱著視死如歸的決心，「學長，我、我喜歡你很久了。」

西河柳的表情絲毫未變，仍然笑著，「謝謝。」

「那、學長你……」

「但抱歉。」西河柳用幾個字堵住了女生還想繼續說下去的欲望。

他指了指自己耳上的助聽器，笑容更深了一些，「妳知道這個代表什麼嗎？」

只要拿下它，他就什麼也聽不見，他的世界一直以來都是寂靜無聲的。

治療的結果已經明白地告訴了他：他一輩子就這樣了，只能這樣了。

來生安靜地充當著隱形人，察覺到他在說出這句話時，手微乎其微地顫了一下。

後來，來生完全沒注意那個女生還說了什麼，又是什麼時候離開的。
等回神之際，空蕩蕩的走廊上只剩下他們。
在沉默蔓延開來之前，她聽見西河柳很輕地嘆了一聲，「來生，我不會好起來了。」
來生沒說話，只是下意識地握緊了他的手。
不會好起來了，那又有什麼關係呢？
──她又何嘗不是。

03

這個月底是凌霄的生日。
唯一一次的十八歲生日，凌霄卻沒有打算如往年的生日那樣大辦，而是選擇只邀幾個交心好友到家裡慶生，除了六月雪、來生以及西河柳之外，還找了兩個自己在國中時結交的好兄弟。

當日下午，是來生與六月雪先到達的。

「原來凌霄他家和學校距離還挺近的。」六月雪確認了一遍凌霄給的地址，抬頭對照面前高聳的大樓，「應該就是這裡沒錯了。」

「我們要怎麼進去？」來生上前一步，隔著一面玻璃地往裡探了探，裡頭大廳敞亮，還有櫃檯，只不過坐在後面的管理員根本沒有注意到她們倆。

六月雪晃了晃手機，表示自己已經傳了訊息通知。「凌霄說他會下來接我們，我們等一下吧。」

等待的期間，六月雪注意到來生拎了個沒標示任何品牌的袋子，盒子也包裝得嚴嚴實實的，從外表壓根兒看不出來是什麼東西，有些好奇地問道：「來生，妳給凌霄準備了什麼生日禮物啊？」

他們都只是高中生，禮物什麼的通常給不了多貴重的，去年也只是給個心意而已。但這回想著畢竟是要來人家家裡，壽星還得招待他們，若是兩手空空就來那得多不好意思。

而且是十八歲生日呀。

來生垂目看了眼手裡的袋子，「妳說這個嗎？我給他訂了一個蛋糕，是他喜歡的草莓口味。」

「哇！妳好大手筆啊，分量看起來挺大的，不便宜吧？」

「畢竟十八歲生日也只有一次啊。」這種難得的日子，還是能奢侈一下的。

「也是。行吧,看在他平時人還挺好的分上,蛋糕就賞他了!」

「哎、這蛋糕可是我花的錢吶。」來生哭笑不得。

她一直以來都挺想找機會感謝凌霄的,但都沒找著合適的時機,如今正好是他生日,買塊蛋糕也不算什麼。

六月雪有天無意間和她提及一件小事——小得可能連凌霄自己都不記得。

前陣子天氣還很炎熱時,正好教室的冷氣壞了,只能靠著吊扇和擺在教室前後的幾臺直立式的電風扇驅熱,那天午休結束鐘響,有好些人清醒後就離開了教室,而空了大半的教室,只餘十人左右還在睡,來生就是其一。六月雪上完廁所回來,就看見凌霄將自己身後的那臺電風扇轉向來生的位置,固定住方向以後才從後門離開。

可能只是凌霄隨手的體貼,她卻記到了現在。

在兩人徹底聊開之前,壽星本人就下樓來接她們了。

凌霄還是一身家居服,腳下踩著一雙拖鞋,眼皮子耷拉著,頭髮蓬鬆凌亂,整個人像是才剛從溫暖的被窩離開沒多久。

少年見著兩人也只是懶洋洋地打了個呵欠,丟出一句「妳們來得好早啊」。

六月雪翻了個白眼,「大少爺,不早了,下午兩點了好

嗎。」

凌霄還是那副笑，這回倒是看起來清醒了些。

凌霄住在十二樓，一層兩戶，是典型的家庭式套房。

來生與六月雪跟著凌霄踏入玄關，正想與凌霄的家人打招呼時才發現客廳裡一個人都沒有。

「凌霄，你家現在沒有人在呀？」

「沒呢，我爸媽把空間留給我們，明天他們才會回來。」凌霄好笑地看著兩人小心翼翼的拘謹模樣，「放鬆點，沒事的，就當這裡是自己家。」

來生同六月雪在沙發上坐下，兩人很少有去別人家作客的經驗，在去到育幼院後更是沒有了，緊張得手腳都不知道該怎麼擺，坐姿規規矩矩，絲毫不敢亂動。

凌霄進房打理一番，出來時早已換了一身衣服，而後又鑽進廚房，從冰箱裡抱出滿懷的飲料，喊道：「妳們過來挑個飲料喝吧。」

來生和六月雪移步至廚房，就見流理臺上擺了滿滿當當的瓶瓶罐罐。

「不知道妳們喜歡什麼，所以全都拿出來了。」凌霄不知道從哪裡撈出一根棒棒糖，熟練地拆開包裝咬進嘴裡後，比了比身後的咖啡機，含糊不清地說：「還是妳們要喝熱飲也行，這裡有咖啡機可以用。」

道過謝以後，來生這才想起手上一直提著的蛋糕，趕緊將其遞上，「凌霄，生日快樂呀，我給你買了蛋糕，晚點可以一起吃。」

「生日快樂啊兄弟！」六月雪也在一旁附和。

凌霄倒是罕見地愣了愣，隨後眉眼很快地舒展開來的同時染上了零星笑意，他伸手接過，「謝謝妳們，破費了。」

六月雪擺手，笑得神秘兮兮，「蛋糕是來生買的，我要送你的禮物不是這個。」

「不然？」

六月雪從帶來的包裡拿出一袋沉甸甸的東西，交到凌霄手上，語氣無比慎重：「相信我，這個你肯定會用到的，雖然可能有點晚了，但一定還來得及。」

凌霄挑眉，來了幾分興致。

他打開一看，卻是笑得直不起腰，「哈哈哈哈哈！我真服了妳，怎麼會有人想到要送這玩意兒啊。」

來生被凌霄的反應驚到了，她很少看見他難得有劇烈情緒起伏的時候，這麼一想，她也對六月雪究竟送了什麼感到好奇起來，方才都還沒來得及先問看看她。

來生湊近，看清袋子裡裝的是什麼的時候頓了一下，確認自己沒有眼花，她噗哧笑了出聲，「小六，妳竟然送全套的升學考模擬試題？」

怪不得凌霄笑成這樣，誰能想到自己會收到這種奇葩的生日禮物。

六月雪笑得狡黠，「就說很實用吧。」

來生在兩人一來一往的對話裡倒是沒有看出凌霄有任何生氣的跡象，反而心情似乎挺好的。她好像忽然能理解，這兩人當初為什麼會成為好朋友了。

*

將近傍晚時分，凌霄邀請的所有人都陸陸續續地到了。

夏堇是最後一個到達的，也就是凌霄國中時期的好兄弟，他來時還帶了兩大盒的披薩。

「我剛才在來的路上看見一間披薩店，想說也快到吃飯時間了，就挑了兩個口味給你們嘗嘗。」他邊說，邊將紙盒打開，香氣頓時盈滿了整個空間。

六月雪是第一個竄到廚房的，她在客廳就聞到味道了，香得她不禁食指大動。

「夏堇，你買了什麼口味啊？感覺很好吃。」

六月雪是認識凌霄這兩個朋友的，高一園遊會時見過他們來找凌霄，那年凌霄的生日聚會他們也有出席，一來二去便很快地熟悉起來，算是逢年過節也不忘打招呼的那種。

「左邊這個我看是他們店新出的口味所以就點了，叫什麼來

著……哎我忘了，但它主要就是有豬肉片、培根、香腸丁、起司等等；右邊這個是店員推薦的咖哩雞，我看內用也有人點這個，想說那應該可以試試看。」夏董早來過凌霄家裡不知道多少次了，很是熟練地轉身去拿盤子，「趕緊趁熱吃啊，等會兒冷了就不好吃了。」

廚房的空間有限，因此眾人決定移至客廳。

在用餐的期間裡，話題一個接著一個就沒停過，氣氛熱絡至極。

晚飯過後，凌霄提議可以來唱歌，正當大家疑惑還要去哪裡唱歌之際，就見凌霄從電視櫃裡翻出兩支麥克風，頻道一轉，螢幕上便出現歌單選取的頁面，所有人這才恍然大悟，沒想到凌霄家裡竟然還有卡拉OK。

來生則趁著空檔幫忙收拾東西進廚房，原本想將蛋糕從冰箱拿出來的舉動在看見洗手槽裡堆滿了待清洗的碗筷時停住了，裡頭大多是方才他們用過的。

她想了想，挽起袖子，打算先將這些碗筷處理乾淨。

水流聲在一定程度上減弱了從客廳傳來的笑鬧聲和歌聲，來生想著也沒有人會聽見，小聲地跟著哼歌，身子甚至隨著旋律搖擺，完全沉浸在自己的世界裡，不亦樂乎，也因此沒有注意到身後靠近的腳步聲。

她洗到一半時，留意到原本高高捲起的衣袖逐漸滑落，正想將手上的泡泡洗掉重新捲起時，忽然感覺到一股熟悉的氣息包圍住自己，一雙手從身後伸過來，替她捲起袖子。

來生猛地扭過頭，「歲、歲歲？你什麼時候來的？」

他該不會聽見自己在哼歌了吧？

「在妳進來廚房沒多久後。」

來生：「……」太丟人了。

若不是自己的手上還有泡泡，她現在肯定早把臉埋進去了。

西河柳見女孩因為羞赧而憋紅的臉蛋，微微一哂，「沒事，只有我看到。」

然而這番話卻沒有起到任何安撫的作用，反而收穫了來生一枚哀怨的小眼神。

於是西河柳思索了片刻，又道：「保證不告訴別人，就當作……我們倆的秘密。」

他靠得很近，來生甚至能清楚地感受到他的聲息，如同貼在耳邊般的呢喃細語。

她的耳尖悄悄爬上一抹粉紅，很輕地「嗯」了一聲當作回應。

04

時間哪怕走得再緩慢，那些注定發生的事仍然如期而至。

對於高三生來說，在面對明後天的升學考面前，準備過年的喜悅只能暫時戛然而止。

來生的心態還算平靜，也不是說準備充分的那種盲目自信，而是事到如今，她也只能盡自己最大的努力，至少不要辜負那些為了這兩天而挑燈夜戰、孜孜不倦的時光。

最後一天從考場走出來，來生渾身的氣力像被猛地抽空似的，忽然就那麼忘記了方才的自己是如何與他人一樣振筆疾書、全心投入。看著一間間的考場逐漸空蕩，耳邊甚至傳來各式的歡呼聲，她對於眼前發生的一切陡然生出一種荒謬感。

……就這樣了嗎。

直至和從其他考場出來的六月雪、凌霄以及西河柳碰頭以後，來生才如同回歸現實一般，終於意識到一切都已經塵埃落定。

就這樣了。

「啊啊啊啊啊啊！考！完！啦！」

六月雪一把抱住來生，激動不已，又叫又跳的。

凌霄撿起被六月雪不小心扔到地上的書袋，搖頭笑了笑，「哎、克制點。」

「我這是正常反應好不好，你看看有多少人還哭了啊，我可沒有。」

的確，環顧一周，有不少考生出了考場、壓力一釋放後，便沒忍住，直接哭了出來。

六月雪接過書袋，道了聲謝，復又興沖沖地提議道：「既然考完了，咱們要不要去吃一頓好吃的？」

「吃什麼？」

西河柳抿唇笑，「不如吃火鍋吧？這種天氣挺適合的。」

聞言，其他三人的雙眼放光，一致通過了西河柳的提案。

「走走走！」

落座以後，等待上菜的期間，四人聊到了大學的志願。

「我想考鄰市的N大。」六月雪說得底氣不足，「但成績……估計有點危險。」

六月雪一直以來都挺有自知之明的，先不說剛考完的升學考她自己心裡早有譜，她的程度也不如其他三人好。平時在班上的成績至多就是中間水平而已，更不用說像是N大這種全國排名前幾的好學校，只要能進入哪怕是很冷門又或是自己絲毫不感興趣的科系她都該偷笑了。

「怎麼不往好的方面想，一切都還是未知數呢。」來生替六月雪的空杯重新注滿溫水，「那妳想讀N大的什麼系？」

「社會系吧。」六月雪眼珠子一轉，反問：「那妳呢？」

來生搖頭，「我還……不知道。」

這陣子她很迷茫，感覺身邊所有人都有了想要努力的目標，

不只六月雪，凌霄也早早確立了自己想讀的專業。唯獨她，如同一隻迷路的羔羊，停在十字路口不知何去何從，沒有奔赴，卻也沒有歸途。

她知道這樣下去不行，但尚無力改變。

這時，服務生來上菜，幾人的談話因此被打斷。

直至重新拾起話題時，不知怎麼地又說到了西河柳的身上。

「呐、給你，知道你喜歡這個。」凌霄將自己盤中的一份食材夾給西河柳，「對了，西河，你學校的申請結果什麼時候會出來？」

來生夾菜的動作一頓。

是了，西河柳也要離開了，他會走上被家裡人精心安排的道路與更好的人生。

西河柳順從川家夫婦的心意，在去年申請了幾間國外的大學，並同時準備國內的升學考。若是申請的那幾間國外大學都落榜，他才會考慮國內的學校。

班上不只西河柳，也有好幾個家庭條件允許的優等生都申請了海外的知名學府。

西河柳思索片刻，「還不確定，每間公布的時間都不太一樣。」

「不管如何，祝你一切順利。」凌霄舉起水杯，和西河柳的碰了一下，「以後我們肯定會去國外找你玩。」

六月雪見狀，噗哧一聲笑了出來，「這臺詞，你們怎麼搞得那麼像要畢業了啊。別著急，還有半年好嗎？」

來生也跟著笑，不期然地與坐在自己正對面的西河柳對上了眼。

少年言笑晏晏，眼波溫柔。

Chapter 8

別哭

00

來生別哭，歲歲平安。

01

西河柳找遍了所有來生可能會待的地方，最終在操場一隅看見了那道熟悉的身影。

「來生。」

少年走近，在女孩身旁坐下，「妳怎麼突然跑到這裡來了？」

來生原本含笑看向西河柳，被這麼問時忽地一頓，裝作若無其事地收回目光，「啊……沒什麼，教室裡悶，出來蹓躂蹓躂。」

考完升學考後，也代表課程告一段落，這學期基本上多是自主時間。成績公布以後，班上來學校的人大約只有一半，有些人直接請了長假，留在家裡繼續準備七月的考試。

可想而知，現在要集合班上所有人已經很困難了。

西河柳自然沒錯過來生迴避的小動作，若是以往，他可能會體貼地就此打住這個話題，但他知道此刻不能如此。來生這般悶葫蘆的性格他早就清楚，只是小事當然還好，她在短時

間內就能自行消化掉，但他看她消沉好幾日了，從成績公布後就一直這樣，彷彿陷入了無窮的迴圈裡。

所以他才想找她聊聊。

西河柳單刀直入，「妳是在想申請學校的事情嗎？」

來生直接被揭穿心事，一時之間沒反應過來，張了張口，卻吐露不出一字一句。

……她表現得很明顯嗎？她以為自己隱藏得挺好。

見少年一眼不瞬地看著自己，來生慢吞吞地說道：「對，其實這個假期我想了很久，也找了很多資料、排除了好多個選項，想說、要不就去讀商吧，未來出路也廣。於是我按照我估算的成績去篩選學校和科系，好不容易有了個實際點的目標，但是這次我搞砸了一切，最後出來的成績完全不如我的預想，可能連我想讀的C大的邊都碰不上。」

不說凌霄的成績從模擬考開始一直很穩定，就連六月雪的成績都出乎意料地好，參照前幾年的錄取標準，以他們兩人的成績在這個階段就能穩上自己的第一志願，不需要再參加七月的考試。

至於西河柳，在她看來，他是一定會出國的。他考前一直都在忙著準備申請國外學校的資料，花在升學考上的心思不多，畢竟這不是他的第一選擇，結果如何，也顯得相對沒那麼重要。

無可否認，這世界再現實不過。來生從國中時期就明白了一件事情，認真念書才能有更多的機會，就像如今她也能靠著好成績獲得獎學金一樣。她早沒有了家人可以依靠，育幼院裡有更多需要關照的孩子，在那麼多人裡她毫無優勢，只能靠著自己。如今的她只是個學生，唯一的出路就是考上一所好大學，不為與西河柳又或其他好友並駕齊驅，而是為了自己，為了得到那更多的可能性。

她不甘心就這樣。不甘心因為知道自己本來可以更好。

來生雙手抱住膝，一旁的少年默默地看著她變換姿勢，他忽然就想起了小時候她被關在倉庫裡，他打開門時看見的，她的模樣。

蜷起的姿勢似乎是她在缺乏安全感時慣性做出的舉動。

他也學著她，將臉靠在膝頭上，側著頭看她。

西河柳知道來生的成績，哪怕上不了C大，六月雪選擇的N大，她也是綽綽有餘。

少年不知道來生所想，在他看來，她只是鑽牛角尖了。

但見來生一心就認定了C大，他也沒有想改變她的選擇，決定給予她另一個建議：「要不，妳試試看七月的考試吧。多花些時間也沒有關係，不管怎麼樣，都比妳選擇一間自己不喜歡的學校或科系要來得好。」

「妳已經做得很好了，妳不需要給自己太多的壓力。這只是

暫時的一個坎，每個人都會碰上，對自己多點信心，一切沒有妳想得那麼糟。妳要告訴自己，妳很優秀。」

少年的聲音一如既往的清潤溫和，很大程度地熨貼了她難以自控的惶恐與失落。

「試試看……七月的考試嗎？」

「是啊，試試看吧。妳一定可以的。」

一直以來，來生都將西河柳視作救贖。

但其實認真說起來，在認識西河柳之前，她已經與自己的苦難告別了。

讓她解脫的是那把刀、那場火。

可是剛去到育幼院的那陣子，她在夜裡翻來覆去，沒有一天能睡得安穩。在育幼院的安穩日子像是偷來的，她總害怕自己隨時會回到那個不像家的家，她會重新陷入泥沼，會再次縮回殼裡，任由母親對自己的打罵、哥哥的猥褻。

她以為自己足夠堅強，就像那時，母親和哥哥都沒有看出自己拿著菜刀的手在顫抖一樣。而後來在圖書室外面聽見他說故事時的溫柔嗓音，距離那場火災後時隔多月，她忽然就平靜了下來，彷彿往日的噩夢從來不存在。

她當然注意到了少年的耳疾，但那又如何，他笑起來依然那樣乾淨、溫暖。

有時候她會貪心地想，如果，如果再早一些遇上西河柳就好了。

會不會，他就能親自帶她走出那些不堪的歲月。

會不會，他能拉住她的手，告訴她：「髒的不是妳，髒的是人心。」

——妳看，這個世界偶爾戾氣很重，但是永遠有人選擇保護自己的那份純良。

陽光刺眼，來生看不清西河柳的面容，更看不清他現在是什麼表情。

只是在恍惚之間，察覺到西河柳的手放上了自己的頭頂，他的聲音如同東方將白之際，從遠方傳來的古寺晨鐘。

「來生，不管如何，我只希望妳開心。」

——不說那些虛妄而不切實際的願望，我只希望妳開心，希望妳平安健康。

*

來生最終選擇參加七月的考試。

臨近畢業，除了像來生一樣的考生之外，那些早已申請上學校的學生們都興奮不已，因為這表示，在踏入另一個階段之前，他們有整整三個月的暑假可以盡情玩耍。

八月雪與凌霄皆如來生所想，順利申請上了各自的第一志

願。凌霄得知消息時倒是沒有多大的反應，從一開始便勝券
在握似的；反觀六月雪，簡直要樂瘋了，來生有些遺憾沒有
看見自家好友去面試時的正經模樣，反差肯定很大。

就連西河柳，也收到國外名校的錄取通知了。即將在今年盛
夏遠赴美國。

三年時光，回首看來卻如同一觸即破的泡沫。既荒誕又滑稽。

各奔東西、山南海北，好像是注定發生的軌跡。

無數人的無數選擇織成了一張巨大的網，脈絡難解，偶爾看
得清走向，更多時候不能——人們稱之為命運。

來生曾經不相信命運。

她有很長一段時間，被現實折磨得毫無生存意志，更何況
那時的她活得舉步維艱。儘管她也有過機會逃離那個不似
家的家，但她隱忍的同時又過於懦弱了，若非她還天真地
對所謂的「家人」抱有期望和留戀，否則不至於落到那般
田地。

當時連活下去的念頭都那麼微弱，她哪裡還能對什麼有所
奢念。

可是後來的她遇見了那麼多溫暖善良的人，教她重新燃起對
生的欲望。

老天似乎開始善待她了。

所以她還是想活下去，所以她撐到了現在。

好不容易啊，太不容易了。

說實話，相對國中，高中過得多采多姿極了。

或許是因為遇上了一群好同學、一些好朋友，彼此照拂與砥礪，包括那些時日裡一同努力的拚勁，都太過印象深刻，在那空白的扉頁上染上一筆濃重的色彩，是在幾十年後仍能當作下酒菜的好滋味。

如果她當初選擇直升，留在那所中學，那如今的她又會在哪裡？

她已經沒有什麼可以失去的了。她願意將眼前的一切收入懷裡，至少在這一刻，她相信這是命運。

「來生！快來一起拍照啊！」六月雪站在司令臺上，身邊圍著好幾個人，遙遙地朝她揮手。

青春的裙襬搖曳著，洗得發白的制服上，那別在胸前的畢業生胸花紅得刺眼，如同落幕前的最後一曲，戲中人一頭青絲垂落，遮掩住唇邊未乾的血。

似乎有什麼就這樣輕易地碎了。

來生想起在早自習時，班長將胸花一一發下，大家早已不是第一次拿到畢業胸花了，國中時有了經驗，每個人都熟門熟路地替自己別上。

這種小事也不大需要勞煩他人幫忙。

來生自己別上了，轉身就看見西河柳的胸花仍躺在他的掌心裡。她鬼使神差地伸手拿過，頂著少年略帶疑惑的目光，來生上前一步，替他將胸花別上。

西河柳眉眼微動，安靜地任由她動作，或者說，他向來不會拒絕來生的親近。

他甚至能從中感受到她的慎重。

「好啦。」來生語氣輕快，別好後又正了正他那有些歪斜的胸花。

這樣也算是彌補了一點遺憾吧——國中時，沒能看他畢業的遺憾。

只是沒有想到，這次他們會一起畢業。

西河柳彎眼一笑，「來生，畢業快樂。」

說過生日快樂、新年快樂，各種快樂都有，但畢業快樂還是頭一次。

少年的瞳孔顏色很淡，如同琉璃一般漂亮清澈，來生偶爾還能在那裡面看見自己。

——很高興，你回來了。

等來生回過神時，她已經坐在司令臺的邊上，和六月雪坐在中間，兩人的另一邊分別是西河柳與凌霄，被男生們包圍住，坐成了一橫排。

「姿勢擺好了嗎？來，一、二、三！」

聞聲，她反射性地朝面前的鏡頭露出笑容。

這是他們在這個學校裡穿校服的最後一天，也是唯一一天配戴上畢業生字樣的胸花。

喀嚓一聲，曲終的同時，記憶就此定格。

「畢業快樂！」

02

炎天暑月，驕陽似火。

七月將近，許多考生們嚴陣以待，來生自然也不例外。

這是今年在第一次升學考時失利的考生們的最後一次機會，倘若最後結果不如意，只得明年重來。來生自知沒有那般耐心和毅力，這次她必須全力以赴，她要甘心。

畢業後，她與六月雪搬離了學校宿舍，回到育幼院後也沒有鬆懈下來，全心備考。

除了六月雪與自己每日同進同出以外，偶爾西河柳和凌霄也會不辭老遠地過來探望她，關心她的學習進度、替她加油打氣，並且幾人說好等她考完以後，要一起去外縣市玩。

考前一天，西河柳來育幼院找來生。

「緊張嗎？」

「有點，但是現在要我再繼續讀下去，我恐怕也讀不進去了。」來生呼出一口氣，難以形容此刻的心情，「就是那種，其實知道多看就能多記些考試重點，但就感覺、腦袋的容量已經到極限了，要是再看下去我可能就要吐了。」

西河柳被她的話逗笑了，「也好，放鬆點，保持平常心，明天才能發揮好。」

兩人隨意走走，無意間走到了圖書室外。

來生趴在窗邊，隔著層玻璃往裡看，感嘆道：「我當時剛來這裡的時候，才比這窗高出沒多少，時間過得好快啊。」

她來到這裡，也已經好多年了。

西河柳走近，轉了個身，背靠在一旁的牆壁，含笑看向來生，調侃道：「那時候妳只到我的肩膀左右，現在也差不多。」

「……」

來生不大想理會少年這句在她聽來如同挑釁的話語，於是選擇裝傻敷衍過去，「啊？還有這回事嗎？我忘記了。」

西河柳不由莞爾，倒沒有反駁她，看破卻不說破，體貼得恰到好處。

他明白依她好面子的性格，自然不會想承認。

來生不只好面子，還很彆扭。西河柳老早就見識過。

若非如此，她也不會在最初被自己喊進來一起聽故事時直接

跑走。

西河柳忽然有些懷念往昔了，在育幼院裡，有來生的那些日子，鮮活得彷彿歷歷在目。

來生見他絲毫沒有要繼續說下去的打算，心底算是鬆了一口氣，試圖轉移話題。

「對了，你知道凌霄前天來跟我說了什麼嗎？他說他這幾天要出國去找他爸媽，正好他們都去美國出差，他要順便去玩一趟，短時間內不會回來。」

西河柳點頭，「知道，他也有和我說。」

來生欣羨他能出去玩的同時，卻也有些哀怨，「他之前還說，也會來給我陪考呢。」

前天凌霄親自來和她說這個消息時，還特地帶了奶茶給她，說作為賠罪。後來許是覺得誠意不夠，要離開之前又塞給她幾根棒棒糖。

來生哭笑不得，他這是把她當孩子哄呢。

凌霄好像總喜歡拿棒棒糖當做賠罪，第一次見面時他也這樣做過，但她其實挺能明白他的腦迴路——他喜歡吃糖，所以把自己喜歡的分享出來，在他自己看來誠意十足。

聞言，西河柳失笑，「這不是還有我們嗎？」

他肯定不會失約。

隔日一早，六月雪陪著來生一同前往考場。

西河柳住的地方與她們的方向不同，於是約好直接在現場碰面。

西河柳知曉兩人出門得早，育幼院那時還沒到吃飯時間，考試地點又不是在他們自己的學校，來時都忙著尋路，肯定沒有多餘的時間停下來買早餐，便一同給她們帶了早餐。

在來生準備進考場之前，西河柳問她有沒有記得帶文具用品。

「當然有啦，准考證什麼的我都檢查過了，這麼重要的事我怎麼可能會忘記。」

「那就好。」

「你帶了的那個後背包裡，該不會還幫我準備了文具用品吧？」來生開玩笑道。

西河柳輕笑一聲，沒有否認，「嗯，怕妳忘記，所以什麼都給妳準備好了。」

來生瞪大眼，張了張口，還想說些什麼時，就被監考老師催促了。

西河柳笑著推了來生一把，「進去吧，我等妳出來。」

或許是因為知道外面有人在等著自己，又或許是因為知道這是自己最後一次的機會，來生答題答得非常順利，就算遇到卡關的難題也在很快的時間內解決了。

維持這樣的狀態，一整天考下來，來生離開考場時心情幾乎稱得上愉快。

然而這樣的好心情只維持沒多久，在晚餐期間聽見西河柳說明天不能來陪考時，來生為他感到開心之餘仍感到有些失落，卻還是沒有多說什麼。

西河柳的理由再正當不過，他說明天要陪著父母親出門一趟。他現在不再喊川家夫婦「叔叔」、「阿姨」了，終於改口喊「爸爸」、「媽媽」，這讓當時第一次聽見他這樣喊的川父川母喜極而泣。

就某種程度來說，這或許也算是他終於接納這個家，承認了自己是這個家的一分子。過去，他對川家夫婦更多的是感激與尊重，而如今卻多了份親暱，這些年來他一直在學著如何自然地去接受和回饋那些來自所謂「家人」的關照以及愛護。

西河柳向來生保證：「早上我沒有辦法來，但是等妳下午的最後一科考完，我一定會讓妳看到我。」

得到了他的承諾，來生心裡的失落淡去得很快，隨之浮現的是隱密的歡喜。

六月雪打趣道：「至少西河的『出門一趟』不像凌霄那樣過分，他可是直接飛出國了。」

乍聽之下竟然還挺有道理。

被六月雪這麼一說，來生忍俊不禁，原本稍顯沉悶的氣氛這才熱絡起來。

「再努力一下，明天就是最後一天啦！」六月雪替好友打氣，「等妳考完，我們再一起出去大玩特玩！」

來生笑著點頭應聲。

一切都會順利的吧，最後一次，不要辜負那些幫助她許多的人，更不要辜負自己。

*

西河柳說的有事是要陪著川家夫婦去機場接一位長居海外的川家長輩。

老人家的身體狀況隨著年齡愈加難以掌控，行動不便之餘，也難以忍受長途飛機。這次難得回國一趟，除了因為家裡的一個小輩，也就是西河柳名義上的堂哥結婚之外，更是因為想念家鄉了，趁著這次機會回來看一看。

原本西河柳是要陪同整天的，但他早和父母親告知自己與人有約了，最多只能留到吃完午飯，他就要先離開。

說來有緣，那位川家長輩在飯桌上聽川父川母提及他即將遠赴美國讀書，就讀的也是一等一的好學校時，忍不住連連誇讚他。

「哎呀、我記得我有個老朋友，他就是從那所學校畢業的，後來留在那裡娶妻生子，最後也回去母校教書，可厲害了呢。到時候你過去，我讓他聯繫你，這樣你在那裡也好有個照應。」

西河柳道謝過後都不禁猜想，是不是所有的川家人都是如此，至少到目前為止他碰到的，無論年紀大小，皆是良善之人。

不知道這能不能算是他難得的幸運。

結束聚餐以後，西河柳與其他人分道揚鑣。然而餐廳這裡和來生所在的考場有些距離，一趟就要將近一個小時，眼看時間已經不早了，他果斷地選擇直接打車前往。

車流不斷，西河柳與司機商量能不能開快些。司機也是個爽快人，聽完他趕時間的理由，特別善解人意地向他保證自己一定會在一個小時內趕到。

途中，西河柳從後背包裡翻出一個方形的盒子，小心翼翼地打開，裡頭擺放的正是那條他送給來生的彎月造型手鍊。

是那條當年地震時不知道掉在哪個角落裡的手鍊。

神識與西河柳密不可分的來生跟著少年坐了一路的車，她很是佩服他的定力，在車上時他也不怎麼用手機，大半路途都在看窗外的風景。她的視角就是西河柳的視角，她看得都有

些昏昏欲睡了，卻見少年沉靜依然。

這會兒見他從盒子裡拿出手鍊，抓在手裡把玩著，神情晦澀。

來生記得，這是西河柳在翻那些瓦礫碎石時無意間找到的，當時找到時，它的外表已經有所損傷，上頭更是落滿了髒污和灰塵，後來是他特地拿去找人維修，如今的模樣宛若全新，絲毫看不出它曾經面目全非。

少年的手傷痕累累、皮開肉綻，沒找著被壓在底下的她，只找著了這條手鍊。

他滔天的絕望，她一直沒忘。

「嗶──」

耳邊猛地傳來司機的罵聲以及刺耳的喇叭聲，同時，來生感受到一股強大的撞擊，整臺車像是被拋了出去似的。模糊之際，只見西河柳手裡握著的手鍊滑落到地，她甚至來不及搞清楚究竟發生了什麼事情，整個世界就只剩下一片黑暗。

在意識消失的最後一刻，她隱隱約約地記起了一件事情。

西河柳送給她的那條手鍊，在地震丟失之後，她分明再也沒有看過。

03

來生出了考場後，本想直接在大門口等西河柳，只是等了十多分鐘他都還沒有來。她被曬得不行，於是暫時躲到樹蔭底下，正準備給西河柳傳了訊息時，就聽見一道熟悉的溫柔嗓音，喚著自己的名字。

「來生。」

聞聲轉頭，就見少年站在自己身後的不遠處，笑意盈盈。

「你來啦。」來生向他走近，心裡的雀躍直接體現在她的步伐上。

西河柳從包裡拿出一個精美的盒子，打開，裡頭正是他曾經送給來生的那條手鍊。

來生不可置信，當初明明在地震裡弄丟了，沒想到竟然被西河柳找了回來。

她詫異至極，「你怎麼……」找到的？

「我給妳戴上吧。」西河柳沒等她說完話，將手鍊拿出來，圈上女孩的瑩白皓腕。

來生抬高手，手鍊是銀製的，上頭的彎月造型在陽光下閃爍，漂亮極了。

她幾乎控制不住上揚的唇角，「歲歲……」話尚未落下，卻在將目光投向少年之時，瞳孔倏地緊縮，驚恐到失語。

西河柳消失了。原本站在她面前的少年活生生地，消失了。

就在這時，腳下的地面開始扭曲，整個世界如同末日般無聲
地坍塌、崩潰。

直至一切趨於平靜。

⋯⋯

「來生動了！手指頭剛剛動了！快！快喊醫師來！」

周圍不斷傳來各式嘈雜聲與腳步聲，來生感到有些煩躁，
吃力地睜開眼，視線模糊不清，映入眼簾的只有一片明晃
晃的白。

這是哪裡？她為什麼會在這裡？

歲歲呢？那場車禍過後，他怎麼樣了？受的傷重嗎？

來生才剛甦醒過來，思緒轉得比平時慢了許多，腦袋還不太
清明，一邊任由醫師與護理師擺弄著自己做各種檢查，一邊
注意著外界的動靜。

原來，原來這裡是醫院。她方才醒來之前似乎聽見了六月雪
的聲音。

醫護人員離開以後，一道人影朝她的方向撲過來，蹲在病
床邊，聲音哽咽：「來生，妳終於醒了，我們都擔心死
了！」

果然是六月雪。

見好友哭得滿臉是淚、語氣激動，來生有些想笑，試圖抬

手，卻發現渾身都使不上力。

六月雪沒注意到她的小動作，繼續說道：「妳昏迷了半年妳知道嗎，我差點以為妳不會再醒來了。聽說妳是在過馬路的時候被撞到的，怎麼這麼不小心啊，妳不知道就連凌霄得知妳發生意外時都直接改簽班機，急匆匆地從國外趕回來了，上一次我們都快瘋了，要是妳這次又──」

六月雪一急，把所有事情一股腦地抖了出來，話說到一半戛然而止，這才察覺到自己似乎闖禍了，看見來生一臉疑惑，她不禁在心裡感到懊悔。

來生留意到了幾個關鍵詞。

六月雪說她昏迷了半年……所以，她就在這半年裡，回到過去，陪伴了西河柳長達十年之久？沒有人知曉她為什麼會回到那時候，更不知道，躺在病床上那麼長時日的她究竟經歷了些什麼，就連她自己也覺得這一切太過於玄乎。

她回來了，曾經神識被動地繫縛於西河柳身上的她，就這麼輕易地回來了──因為一場突如其來的車禍。

在那裡，來生最後的記憶停在西河柳要去見她的路上。

司機的罵聲、刺耳的喇叭聲、猛力撞擊……還有六月雪說的上一次……

這一切到底是怎麼一回事？

六月雪見來生微微顫抖著嘴唇，似乎想說些什麼，抓過來生

的左手，包覆在自己的掌心裡，輕聲問道：「來生，妳想說什麼是嗎？沒關係，慢慢來。」

來生視線飄移，看向自己空蕩蕩的手腕，忽然淚如雨下。

——原來，原來你是這樣離開我的啊。

*

又是一年夏。

來生康復後回了一趟育幼院，院裡的老師和認識她的孩子見到她都特別開心，聽說她發生車禍養了很久的傷都過來關心一番，她全是輕描淡寫地笑著帶過。

自她從C大畢業以後，忙著找工作，還沒有時間回來一趟，接著又出了車禍，在病床上躺了半年之久，而後的恢復期又是個漫長的過程，前前後後花了一整個春秋。

來生不自覺地走到了圖書室門外——這裡是她與西河柳一切的開始。

抱著本書坐在裡頭的一個女孩子看見她，雙眼一亮，朝門外的她揮手，無聲地邀請。

來生也注意到了，笑著對她打了個招呼後，便脫了鞋進去。

那女孩湊到來生身邊，語氣難掩興奮，「姊姊，好久沒看到妳啦！我們都特別想妳。」

這個女孩子正是曾經躲在角落裡向西河柳哭訴自己的洋娃娃被弄壞的諾諾，而如今的她已然長成亭亭玉立的少女，朝氣蓬勃。

「是想我，還是想聽我給你們說故事啊？」來生調侃。

諾諾是個鬼靈精，嘴巴可甜著呢，她晃了晃來生的手，笑嘻嘻道：「當然是都想呀，但還是最想妳啦！要是沒有姊姊妳，我們就聽不到有趣的故事了。」

來生搖頭失笑，「行吧，我今天正好有空，給你們講講故事吧。」

諾諾一聽，雙眼一亮，哪裡還不曉得來生的意思，欣喜地去召集那些平時愛聽故事的小夥伴們過來。

「……狐狸說：『對我來說，你只是一個小男孩，就像其他成千上萬個小男孩一樣沒有什麼兩樣。我不需要你。你也不需要我。對你來說，我也只是一隻狐狸，和其他成千上萬的狐狸沒有什麼不同。但是，如果你馴養了我，我們就會彼此需要。對我來說，你就是我的世界裡獨一無二的了；我對你來說，也是你的世界裡的唯一了。』……」

六月雪同凌霄站在門邊，看著圖書室裡那個坐在一群孩子中間，眉目柔和的來生，忽然感慨道：「你有沒有覺得，來生愈來愈像西河了。」

凌霄沒應聲，嘴裡一如既往地咬著根棒棒糖，目光落在來生

身上，黑眸黝深。

「我就帶你到這裡了，等會兒他們結束你再進去吧，來生好久沒看到你了，肯定會很開心。」六月雪拍了拍凌霄的肩，「我就先走啦。」

兩人來的時間抓得挺剛好，凌霄等了十多分鐘，裡頭除了來生之外，其他孩子都解散得差不多了。

凌霄歪歪斜斜地靠著門框，嘴裡的糖早就吃完了，卻仍咬著那根細長的棍子不放。

見來生收拾好準備起身，他才出聲喊道：「來生。」

來生抬頭，看見凌霄愣了一會兒，展顏笑了開來，「凌霄？好久不見啊。」

她還在恢復期時多半是六月雪或白微陪著她，由於凌霄工作太忙，他來的次數不多。

算起來，出院以後，她和凌霄也已經將近一個月沒見了。

來生招呼他進來坐，「是什麼風把你吹來的，真難得，大忙人特地跑來這裡，是來找我的嗎？」

「嗯，有事找妳。」凌霄沒否認。

「怎麼了？」

凌霄斟酌了片刻，看她的眼神複雜難辨，「妳是不是……想起來了？」

來生頓住，兩人相顧無言。

在沉默徹底蔓延開來之前，來生輕輕地笑了，「是啊，我想起來了。」

04

來生確實想起來了。

想起六月雪說的「上一次」，想起西河柳的那場車禍，想起過去四年被她遺忘的自己。

當年七月，考試的最後一天，她從考場出來，沒等來西河柳，只等來了他的死訊。

怎麼可能呢？那個說好會來見她的少年，怎麼就這樣離開了呢？

她還沒有和他分享自己考完試的喜悅，沒有和他說這次她肯定能考上C大。

來生從離開醫院到參加完他的葬禮的這段期間裡都沒有哭，但誰與她說話都沒有反應，如同一個缺失情感的提線木偶。

六月雪與匆匆趕回的凌霄見來生這般模樣自然於心不忍，但他們都知道，如今再說些什麼都沒有用，更何況此時的她根本聽不進去。

他們只能等，等她自己好起來。

這段期間誰都不好過，一切發生得太過突然。

六月雪和凌霄沒有看見來生掩藏在平靜底下的枯萎，更沒有想到她竟然……自殺了。

凌霄撞開緊鎖的房門，六月雪抱起昏倒在地的來生，救護車嗚鳴。

慶幸的是，他們發現得不晚，被成功救起的來生悠悠轉醒，卻絕口不提西河柳的消亡，如同回到了七月那時剛從考場出來，尚期盼著西河柳的到來。六月雪與凌霄察覺不對勁，經過醫生檢查後才知道，來生選擇性遺忘了西河柳已然離開的事實，為自己崩塌過後的世界重建美好樂園。

來生這四年來，一直認為西河柳出國念書了，與當初決定好的軌跡相仿。

六月雪與凌霄不免為來生的「自欺欺人」感到心酸，卻仍是默契地選擇保持緘默，他們想，就讓來生這樣也沒有什麼不好，如今的她再也受不起任何刺激。

誰知道時隔多年，一場車禍又將真相揭開。

……

凌霄離開以後，來生也與育幼院的老師及孩子們道別，去了她之前就讀的那所國中。

來生記得，圖書館是在她入學以前，西河柳與她最常來的

地方。

那時候，少年會帶著複習資料來這裡念書，而她就在一旁看書等待，偶爾看累了就趴下來休息，張開眼時就會對上他那雙乾淨溫柔的眼，清凌凌的。

來生拎著包，在兩人經常待的座位上坐下，手一彎，她在桌上趴下，姿勢與過往相差無幾。她不知不覺地睡著了，再次睜眼時，陽光透過一旁的窗戶毫不吝惜地傾灑進來，恍惚間，來生以為自己看見了那個被她深埋在心底的清雋少年。

「歲歲……」

然後他會轉過頭來，用那雙含笑的眼眸看她。

*

將近年底，來生所在的城市才下了今年的第一場雪。

她前陣子總算找到了工作，與白微做了室友，兩人上班的地方距離不遠，下班後還能一起回家。而六月雪和凌霄都是在其他城市發展，六月雪最近談了戀愛，空閒時間都留給愛人了，原本與來生約好的假期旅遊也因此取消，來生又氣又好笑地罵了她一句見色忘友；凌霄大概是他們三人裡最忙的一個，他在投資銀行工作，又因為需要時常飛來飛去，幾天半個月不見人影都算正常。

這個週末，來生心血來潮，一個人回了趟高中母校。

來到熟悉的教學樓，上了二樓，來生知道教室在週末時都不開放，於是趴到欄杆邊，聽見底下傳來一陣笑鬧聲，是一群高中生拿著彩球在練習跳舞。她饒有興致地看了好一陣子，她記得他們當年也有這項活動，是班際的啦啦隊比賽，可是折騰了他們好一段時間。

來生忽然看見不遠處有四、五個女生抱著幾個紙袋走近，其中一個女生對樹下這群正在練習的其他人喊道：「我們去福利社買了熱奶茶，先休息一會兒，過來喝吧。」

──「我們去福利社買了熱奶茶，等等給你們帶回教室。」
──「歲歲，走吧，我們趕緊的，拿了卷子，回教室就可以喝到奶茶了。」
──「嗯，早點回去喝奶茶。」

來生往樓下走，她下樓梯的步子習慣倒是一點也沒有變，快速又凌亂，讓人看了都擔憂她會不會摔倒。

──「慢點、慢點下來，我會等妳。」

來生頓住腳步，腦海裡如同跑馬燈般閃過一連串的畫面。

西河柳笑得無奈，用指尖點了點她的額頭，「別總那麼急
躁。」

西河柳摘下自己的圍巾，圈上了她的脖頸。

西河柳在她回頭催促他時大步跟上，反手拉著她走。

來生走到一樓時，才發現雪不知道什麼時候停了。

——「快了，春天快到了。」

——「到時候我就是一隻春天的熊了。」

是啊，春天快到了。

＊

「她經歷的所有離別都是在夏天發生的。」

「他曾在夏天離開，也在夏天回來。」

「快了，春天快到了。」

萬物甦醒，繁花就要盛開。

呼，這是我的第三本書了。

好不可思議啊，不知不覺就走到了這裡。

這是一本先有書名才有內容的書。對於我來說很特別，因為過去都是先有內容才決定的書名，這次完全是因為之前創的一個Hashtag才有故事的發想。

同時，也是我的第一本長篇小說。在構思第三本要是什麼樣的形式之前，其實花了很長一段時間在與總編婷婷和一位好友溝通，應該說我最初並沒有想挑戰寫長篇小說的打算，也還沒為此做好準備。開始進行書寫之前，長達半年的時間裡，有過無數種想法、無數種呈現方式，甚至想過要不就別用這個書名了吧以後再用，但最終還是決定來試試看寫長篇小說。總編婷婷說，就試著寫寫看吧，既然我很想寫下這個故事、使用這個書名。因此花了數個月，完成了這本書。

其實還是免不了忐忑，畢竟對於長篇小說來說，我只能算是個新手。我害怕自己寫砸了，擔憂讀者會不會喜歡，也擔心

現實層面的那些，包括市場接受度及銷量等等。

不想讓所有抱有期待的人們失望。

要真說起來，這個故事是在今年初才真正開始進行的。比起所謂的主題性，這本的故事性還是更為強烈一些，沒有特別設計一些相對不那麼現實的對話，而只是單純想寫下這一個故事——一個關於愛、拯救以及相互治癒的故事。

故事的設定是來生的意識依附在小時候的西河柳身上，看著他磕磕絆絆地長大。就只是「看著」，並不存在能夠改變的能力，讓來生回到過去也只是為了讓她透過西河柳的視角去看見、去經歷那些西河柳未曾向她提起的一切。

之前聽花花的〈好想愛這個世界啊〉最多次是在我寫稿的時候，真的是完全繃不住情緒，哭了無數次，哭完再重新回到電腦前繼續寫。更有好多個夜晚，躺在床上分析人物和故事線時，淚腺跟著潰堤，哭到後來也不知道自己在哭什麼，甚至可能忘記自己究竟在難過些什麼，但就是會有那種，除了哭之外，你不知道該怎麼去發洩情緒的窒息感。

或許因為是自己所創造的角色，反而更能設身處地地將自己代入其中，很壓抑也很心疼。寫到後來，我甚至覺得他們其實全是活生生的人了，有自己主宰的行為和喜怒哀樂，同樣也有自己命運的走向與結局。

先來說說來生吧。作為主角,她的際遇一點兒都不高大上,在去到育幼院之前的那些日子對於她來說全是噩夢,在正文裡其實沒有很直接地寫出來,但無可否認,那樣的家庭與生活讓來生的心理確實出了些狀況,哪怕做出更偏激的、無可挽回的舉動也絲毫不會讓人感到意外。

但幸好,在還來得及之前,她遇見了她的歲歲。

西河柳呢,他與來生都算是有「缺陷」的人,再加上他的生長環境,哪怕表面上再如何雲淡風輕,骨子裡依然自卑敏感,畢竟他這一輩子擁有的太少了。

或許正是因為兩人有各自的深淵,才能相互把彼此看成光。

至於凌霄和六月雪,他們的背景與經歷相對單純得多,尚保有屬於他們年紀應有的爛漫,這點著實難能可貴。裡頭出現的每個人物都有各自的脈絡,包括川柏、川家夫婦,甚至院長媽媽等等。

我太喜歡裡頭每個可愛的人了。

我曾經寫過一段話:「這個世代浮躁又冷漠,你的野心和破綻都一覽無遺,可能哪天你會風光無限又或泯然眾人,但還是希望你一切安好,希望生活對你寬容一些,更希望你對自己寬容一些。知道你仍記得初心,那就好了。」

這個世界偶爾戾氣很重,但永遠有人選擇保護自己的那份

純良。

知道你仍記得初心，真是太好了。

「來生別哭，歲歲平安。」

這句話寫在最後一章的開頭，其實有兩種意思可以解釋，或
許看到這裡的你們早已明白了。

在這個夏天，謝謝翻開這本書的你們。

還是老話一句，謝謝你們一直以來的支持與陪伴。

如果明年順利的話，我們在下一本書見。

來生別哭 / 溫如生著. -- 初版. -- 臺北市：皇冠，
2020.08
　　面；　公分. -- (皇冠叢書；第 4871 種)(有時；13)
ISBN 978-957-33-3570-2(平裝)

863.57　　　　　　　　　　　　　　　109011478

皇冠叢書第4871種
有時 13

來生別哭

作　　者—溫如生
發 行 人—平　雲
出版發行—皇冠文化出版有限公司
　　　　　台北市敦化北路120巷50號
　　　　　電話◎02-27168888
　　　　　郵撥帳號◎15261516號
　　　　　皇冠出版社(香港)有限公司
　　　　　香港銅鑼灣道180號百樂商業中心
　　　　　19字樓1903室
　　　　　電話◎2529-1778　傳真◎2527-0904
總 編 輯—許婷婷
美術設計—嚴昱琳
著作完成日期—2020年05月
初版一刷日期—2020年08月
初版四刷日期—2024年03月
法律顧問—王惠光律師
有著作權・翻印必究
如有破損或裝訂錯誤，請寄回本社更換
讀者服務傳真專線◎02-27150507
電腦編號◎569013
ISBN◎978-957-33-3570-2
Printed in Taiwan
本書定價◎新台幣340元/港幣113元

• 皇冠讀樂網：www.crown.com.tw
• 皇冠 Facebook：www.facebook.com/crownbook
• 皇冠 Instagram：www.instagram.com/crownbook1954
• 皇冠蝦皮商城：shopee.tw/crown_tw